増補版御開港横浜之図
横浜浮世絵の第一人者として知られる五雲亭貞秀の作品（部分）。1864年頃の横浜を詳細に描いている。（横浜開港資料館所蔵）

「川上座当狂言 八十日間世界一周」錦絵（早稲田大学坪内博士記念演劇博物館所蔵：資料番号201-1110〜12）

Mundus Scientiae 6

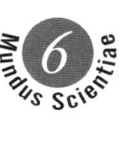

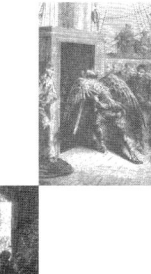

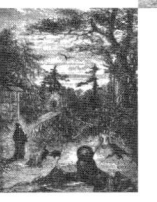

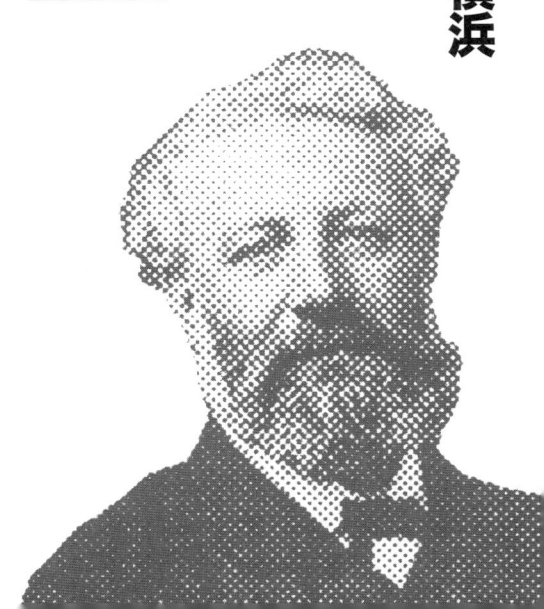

ジュール・ヴェルヌが描いた横浜
「八十日間世界一周」の世界

新島進＝編

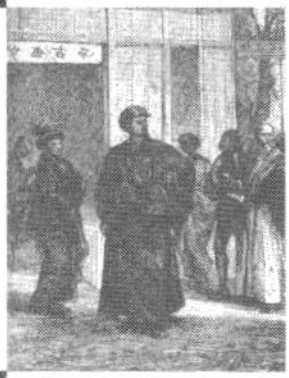

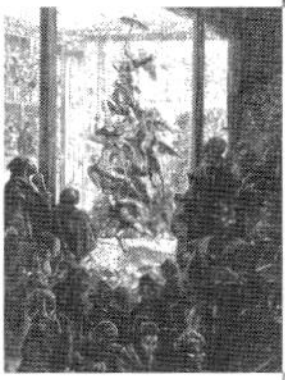

口絵図版 「川上座当狂言 八十日間世界一周」錦絵について

　1897年（明治30年）の初演時に作成されたと思われる。ヒンドゥー教の風習サティーがテーマとなる、原作でもおなじみの場面。川上音二郎演じる初田譲次（パスパルトゥー）が、日本から持ってきていた「外道の面」を被り、かがり火のなかから現れてアウダを抱えあげている。俳優や舞台シーンを描いた錦絵は「役者絵」、「芝居絵」と呼ばれ、江戸時代より俳優のブロマイドや芝居の宣伝としてつくられた。しかし幕末以降は、安価な写真へと取って代わられていったため、本作は錦絵の衰退期における貴重な一品といえる。

　アウダの役名が「日本婦人アウダ女」となっているが、これは彼女が「幼い頃に外国人の手によってインドに連れ去られた日本人」という設定であるため。そのほかのキャラクターも、フィリアス・フォッグは福原武雄、フィックスは岸田良一といった具合に翻案されている。

　物語の面では、特に結末部分が原作とは大きく異なる。福原武雄（フォッグ）は浪華倶楽部（原作では改革クラブ）に約束の5分前に到着するが、その世界一周の真偽を疑う者が現れる。福原は、証拠品となる旅券を自宅に忘れており、賭けに敗れたと思うが、その時、アウダが旅券を持って駆けつけ、晴れて世界一周が認められる。さらに浪華倶楽部には彼女の実の父親と妹がおり、一家は感動の再会を果たす。

刊行によせて

　ヴェルヌを愛読し研究している若い力が、『80日間世界一周』をめぐるこのような立派な本を完成させました。『80日間世界一周』は、明治期に日本で翻訳されたヴェルヌの小説の中でも代表的なもので、当時の読者は小説中に日本が登場することにも大きな興味をいだいたと想像されます。西欧人が横浜に上陸して、こともあろうに曲芸団にまぎれこむという奇想天外なエピソードは、日本人を沸かせたにちがいありません。

　一昨年は慶應義塾創立150年記念、昨年は横浜開港150年祭ということで、日本ジュール・ヴェルヌ研究会は、慶應義塾大学で『80日間世界一周』の展示と劇団「おのまさしあたあ」による同作品の奇抜な舞台を公開するというイヴェントを企画しました。そのため、慶大の新島准教授や明学大の石橋講師を中心に、作品の紹介、ヴェルヌの描いた往時の横浜の探索など、念入りの準備がされました。その展示を見て、これは本の形で広く公開されるべきだと私が申した記憶がありますが、それがこうした貴重な本書に結実しました。

　本書は『80日間世界一周』と横浜という二本柱で構成されていますが、『80日間世界一周』には、世界各地

の風物・風俗を紹介するという狙いがあります。インドではバラモン教の戒律や亡き夫に対して殉死を強いられる人妻、香港では阿片吸引、アメリカではインディアンの襲撃等々、非ヨーロッパの風俗がたくみなエピソードに組みこまれて紹介されてゆきます。横浜では天狗と曲芸です。これが日本を代表する風物というわけですが、作中にも一言触れられているように、幕末の1866年に幕府が海外渡航を解禁するや数団の日本曲芸団が渡米し、そのうち広八率いる17名の一行は1868年にはフランスに乗り込み、パリ、リヨンと巡業しています。この曲芸団は曲乗り、水芸、手品、独楽回しなどを披露して、英米・ヨーロッパ各地で大喝采を浴びています。こうしてフランスの人々は、いわゆるジャポニズムばかりでなく、日本の曲芸にも魅せられていたのです。

　そのほか作品には、船、鉄道、馬車、ヨット、商船、そり、象といった古代から近代までのさまざまな乗物が各地のスリリングな場面で登場します。あげくのはてに、船をこわして燃料としながら走るという、奇想天外のことが起こります。

　こうしたヴェルヌの傑作を、いままで類書のなかったこの解説書を読みながら、どうかお楽しみ下さい。

　　　　　　　　　　　　武蔵大学名誉教授　私市（きさいち）保彦

目 次

刊行によせて …………………………………………… 3

序 ……………………………………………………… 7

第1部 『80日間世界一周』とヴェルヌ

第1章　ジュール・ヴェルヌとは? ………………… 13

第2章　『80日間世界一周』の成立 ………………… 23

第3章　『80日間世界一周』と日本 ………………… 37

第2部 『80日間世界一周』と横浜

第1章　エメ・アンベールと
　　　　『80日間世界一周』における横浜 ………… 53

第2章　小説の横濱と現在の横浜 …………………… 69

第3章　小説の横濱と現在の横浜・散策編 ………… 91

資料 …………………………………………………… 106

文献案内 ……………………………………………… 110

序

　　　　　　　　　　　　　　　新島　進

　1859年、いわゆる黒船来航に代表される西欧諸国の外圧を受け、強硬に開国を迫られた江戸幕府はついに横浜港を開港します。昨年、2009年はそれから150年の節目の年にあたり、横浜市では記念行事も華々しくおこなわれました。この一世紀半のあいだ、日本で起こったことはご承知のとおりです。西洋式の近代化、大きな戦争、その復興から経済大国へ、そして21世紀には先進国の一員としてグローバリゼーション時代を迎えました。

　日本近代開始の象徴ともいうべき横浜開港から13年後の1872年、遠いフランスでは、ある新聞連載小説が人気を博していました。タイトルは『80日間世界一周』。作者は『月世界旅行』、『海底二万里』といった冒険科学小説で名声を得ていた作家ジュール・ヴェルヌ（1828年〜1905年）です。表題そのままに世界一周旅行が語られるこの小説で当時のヨーロッパ人たちは、手に汗握る冒険譚とともに、遠い異国の風物を楽しみました。そして主人公たちの旅行行程には、当時ほとんど知られていなかった日本が含まれ、横浜の港が描かれていたのです。

　西洋との交流がはじまって十余年後の横浜は、小説のなかでどのように描かれ、また日本を訪れたことのない作

家ヴェルヌはいかにしてこの港を知り得たのでしょう？

『80日間世界一周』にはより今日的な面白さもあります。世界を覆う交通網、インターネットとグーグルマップに象徴される情報網、こうしたインフラのうえでますます縮小――あるいは拡張――する現代の国際社会を思うとき、この作品が21世紀前半の歴史的必然というべきグローバリゼーション時代に先鞭をつけていたことも見逃せないのです。

そうした興味から、横浜開港150周年を目前にひかえた2008年12月、私は当時会長を務めていた日本ジュール・ヴェルヌ研究会の全面的な協力を得、慶應義塾大学教養研究センター日吉行事企画委員会（ＨＡＰＰ）主催による「異国見聞『80日間世界一周』〜1872・グローバリゼーション元年、ヴェルヌの見た横濱」と題する展示と演劇上演を企画しました。会場の日吉キャンパスが横浜市にあり、奇しくも慶應義塾がこの年、横浜開港にさきがけて創立150周年を迎えていたのも大きな縁ですが、さらに、この作品と塾とのあいだには浅からぬつながりがあります。というのも、原書から6年後という当時としては異例の速さで『80日間世界一周』邦訳版を刊行したのは慶應義塾出版社なのです。150年の昔から、ヴェルヌの代表作が横浜、そして慶應義塾と関係していたことは企画の進行にとっておおきな励みでした。

催しの目玉である演劇上演はプロの劇団「おのまさしあたあ」（座長おのまさし氏）を招いておこないました。

当日は塾生や横浜市民のみなさんをはじめとする160名もの観客が集まり、その盛りあがりはたいへんなものでした。また上演にさきがけた数日間、日本ジュール・ヴェルヌ研究会のメンバーに協力をあおぎ、『80日間世界一周』にちなむパネル展示をおこないました。本書はこの展示内容に加筆修正をほどこしたものです。

　本書の構成を述べておきましょう。第1部では、ヴェルヌ研究の第一人者である石橋正孝によるジュール・ヴェルヌと『80日間世界一周』の解説。次に、日本における『80日間世界一周』受容とその後のメディア・イヴェントを藤元直樹が論じます。

　作家作品について基本的な知識を得たあと、続く第2部では『80日間世界一週』と横浜の関係を具体的に見ていきます。まずは島村山寝と私が、ヴェルヌが横浜を描く際に参照したとされる『日本図絵』とその著者エメ・アンベールを紹介、また、作品において横浜が果している役割を明らかにします。次にヴェルヌの実際のテクストと上記『日本図絵』とを読み比べ、幕田けいたが登場人物のひとりで、横浜を実際に歩いたパスパルトゥーの足どりを追跡調査。そして桜井飛鳥が、豊富な写真資料とともに作中で描かれた横濱と、現在の横浜を比べていきます（桜井氏には横浜関連全般のリサーチもしてもらいました）。本書を片手に港町散歩を楽しめること請け合いです。最後に資料として、日吉キャンパスでおこなった展示と演劇上演の報告をおこないました。

150年前の文学作品、あるいは歴史というものが、変遷を経ながらもめんめんと現代につながっていること、その時の流れを、横浜という地所を結節点として感じていただければ編者として嬉しい限りです。そして次なる私の野望は、塾創立と横浜開港200周年を迎える2058年、2059年にもう一度『80日間世界一周』を日吉で上演すること！　いったいその頃の横浜の街並み、慶應義塾、そして世界や地球はどうなっているのでしょうね。

　日本ジュール・ヴェルヌ研究会のメンバーならびに同会顧問の私市保彦先生、慶應義塾大学教養研究センターの横山千晶先生、甲賀崇司さん、同センター日吉行事企画委員で、イヴェントに際してたいへんお世話になった森吉直子先生、そして慶應義塾大学出版会の乙子智さんに深く感謝いたします。また、やはり日吉行事企画委員として支援を惜しまず、公演を楽しみにされながら直前に逝去された小潟昭夫先生に本書を捧げたいと思います。

第**1**部

『80日間世界一周』とヴェルヌ

第1章　ジュール・ヴェルヌとは?

石橋正孝

　ジュール・ヴェルヌの《驚異の旅》シリーズは世界文学に燦然と輝き、日本でも『十五少年漂流記』をはじめとする作品が広く読まれている。ただ一方で、子ども向けの作家という先入観も依然根強い。そうした印象を払拭すべく、この章ではヴェルヌが《驚異の旅》シリーズを生みだすまでを追ってみよう。

図1　ジュール・ヴェルヌ肖像

1. パリ上京まで（1828年〜1848年）

　『海底二万里』（1870年）、『地底旅行』（1864年）、『80日間世界一周』（1872年）、『十五少年漂流記』（1888年）……60作を越える《驚異の旅》シリーズを書いたフランスの作家ジュール・ヴェルヌ（図1）は、1828年2月8日、フランス北西部の都市ナントで生まれた。ナントといえば、プロテスタントにカトリックと同様の信仰の自由を認め、両派の紛争を終わらせた「ナントの勅令」（1598年）で知られる。同時に、大西洋に注ぐロワール川の河口に程近い港町として、18世紀から19世紀にかけ、悪名高い「三角貿易」で財を成した町でもあった。アフリカで武器そのほかの加工品と交換して得た奴隷を家畜同然に船倉に詰め込み、南アメリカのプランテーションに売り払い、そこで綿や砂糖といった原材料を仕入れる。美しい町ナントの繁栄の裏に、このような忌まわしい過去があった事実は忘れてはならないだろう。

　ヴェルヌが産声を上げたロワール川の川中島フェイドー島は、そのナントでも指折りの高級住宅地、船主たちが贅を凝らして建てた邸宅が立ち並ぶ一画だった。現在は、ロワール川が、ナントの中心街を迂回するように流れを変えられたので、普通の町並みになっている。ジュールの父ピエール・ヴェルヌはナントの代訴人だった。訴訟手続きを担当する代訴人は、法廷での弁護に活動を制限されていた弁護士より地位が高く、長い修行時代

を経て、数に限りがある株を高額で取得しなければならない代わりに、実入りのいい職業だった。代訴人の株は、パリのそれだと現在の日本円で数億円したという。長男であるジュールは、当然、親の職業を受け継ぐ定めにあったのである[1]。

　1848年、ヴェルヌは法律を学ぶためにパリに上京する。二月革命によって、ヴェルヌが2歳の時に成立した七月王政が打倒され、第二共和制が樹立した直後のことであった。法学学士こそ取得したものの、上京する以前からすでに詩や韻文の戯曲を書いていたヴェルヌは、『椿姫』で有名なアレクサンドル・デュマ・フィス（『岩窟王』、『三銃士』の大デュマの息子）と親しくなり、彼の励ましを受けて、劇作家として成功する野心を抱く。当時、小説は婦女子の読み物にすぎず、文学といえば、まず詩、そして戯曲のことだったのである。

2. 小説修行（1851年〜1857年）

　後にもっぱら長篇小説作家として有名になるジュール・ヴェルヌだが、若い頃にはなかなか長篇小説を完成させることができなかった。事実、1850年代を通じて、ヴェルヌが完成できた散文のフィクションはすべて短篇

---

[1] ヴェルヌの少年時代の逸話といえば、初恋の従姉カロリーヌのために珊瑚の首飾りを買おうとインドに向かうコラリー号で密航を図ったものの、海に出る前に父親に追いつかれ、「もうこれからは夢の中でしか旅をしません」と誓った話が有名だが、その真偽のほどは疑わしいというのが、研究者の間では一致した見方となっている。

小説だった。

　1851年発表の「メキシコ海軍の最初の艦船」（後に「メキシコの惨劇」と改題）は、初めて活字になったヴェルヌの短篇である。スペインの軍艦で反乱が起こり、その首謀者は、制圧した軍艦を独立したばかりのメキシコ共和国への手土産にする。そして、彼らは、メキシコシティに向けて山道を行くことになる。ところが、殺された船長に恩義のあった若者が反乱に加わったふりをして復讐の機会を窺っていた。ヴェルヌは、見えない迫害者の影に脅かされる裏切り者の目を通して、メキシコの自然を正確な地理学的記述とともに描き出していく。旅程に従って、次第に物語のテンションが上がっていくこの構成は、その後のヴェルヌの小説作法を先取りしているといえよう。

　それよりも重要なのは、復讐者に迫害される悪人の方が同情すべき犠牲者に見えかねない点である。つまり、極端な言い方をすれば、ヴェルヌにとって、物語がおもしろくなりさえすれば、善悪や政治的立場は、ある程度までどうにでもなる飾りにすぎなかったのではないかと思わされる。このことは、ヴェルヌが、信用できない、いい加減な人間だったという意味ではない。そうではなく、ヴェルヌという人は、あらゆる価値判断から本能的に距離を取る書き方をするタイプの作家だったのではないか、ということである。

　同じく南米を舞台とした中篇「マルティン・パス」

（1852年）がそのことを示しているように思われる。インディオの高貴な血を引く青年と、彼が愛する美しいユダヤ娘、彼のことを父親のように気にかけるスペイン貴族の最後の末裔が主な登場人物。青年は、反乱を企む出身部族との間で板ばさみになる。最終的に、娘が強欲なユダヤの金貸しの娘ではなく、スペイン貴族の娘だったとわかる展開は差別的にすぎるとはいえ、この物語は、構造的に、その30年後に書かれる代表作のひとつ『マチアス・サンドルフ』（1885年）とまったく同じなのだ。ただ、後者は、スペイン貴族に対応する主人公が反乱を企んでいて失敗するところから物語が始まるという違いがある。反乱に対する価値評価をヴェルヌはある意味で逆転させているのだが、こういう柔軟さは、彼自身の真意がどこにあるのかを見えにくくする。

　同じ時期、狂った男が気球に強引に乗り込み、気球事故で散った科学の殉教者たちを列挙して、彼らと運命をともにしようとする「気球旅行」（1851年。後に「空中の惨劇」と改題）が書かれている。啓蒙科学書を書き写して物語仕立てにするその手際のよさにヴェルヌの天分が発揮されているものの、明らかに注文仕事である。「ザカリウス親方」（1854年）と「氷の冬ごもり」（1855年）は、ヴェルヌの短篇の代表作だが、これらについても、前者はドイツの幻想作家ホフマン（1776年〜1822年）、後者はアメリカの冒険小説作家クーパー（1789年〜1851年）の影響で書いた余技の感は否めな

い。この時期、劇場で無給の秘書を務めつつ、オペレッタの執筆に主力を傾注する一方で、結婚して株式仲買人になった後は、美術批評にも手を染めるなど（1857年）、なんでもありになっていたヴェルヌは、長すぎる修行時代の過程で自己を見失いかけていたように見える。

3. 長篇作家の誕生（1859年〜1860年）

　迷走するジュール・ヴェルヌの転機となったのは旅行だった。1859年、ヴェルヌは、友人の音楽家アリスティッド・イニャールとともに、初めての海外旅行としてスコットランドを訪れる機会を得た。スコットランドは、ヴェルヌの母方の祖先であるアロット・ド・ラ・フュイ一族の出身地であっただけではない。ロマン主義文学の圧倒的な影響下にあった当時の文学青年の例に漏れず、ヴェルヌにとって、この国はなによりも歴史小説作家ウォルター・スコット（1771年〜1832年）の地だった。ヴェルヌは、文学巡礼の旅に出たのである。

　この旅の経験を元に、ヴェルヌは、『イギリスとスコットランドへの旅』（生前未刊行）を書く。ヴェルヌ自身はジャックに、イニャールはジョナタンになっているが、内容は概ね実際の旅行に沿っており、本格的な小説というよりは、「小説風紀行文」という方が適切だろう。ともあれ、自分自身の体験、それも旅行の体験に寄りかかることで、ヴェルヌが初めて曲がりなりにも長篇作品を完成することができたという事実は見過ごせない。さらに、

交通機関のトラブルのせいで目的地から遠ざかっていく羽目になった過程が前半の四分の一を占め、それがスコットランドへの欲望を高めていくという仕掛けを通して、旅先で見るものよりも、旅それ自体に対する期待や憧れの方が重要になっており、このもやもやした欲望に《驚異の旅》が具体的な形を与えることになるだろう。

　これがきっかけとなったのか、ヴェルヌは、1860年代初頭に相次いで二つの短い長篇を書く。『シャントレーヌ公爵』（発表1864年）、そして『二十世紀のパリ』（生前未刊行）である。かたや歴史小説、かたや未来小説と見事に対照的でありながら、ともにフランスを舞台とし、前者がフランス革命に反対するヴァンデ地方の農民暴動（ふくろう党の乱）を支援するカトリックの王党派貴族、後者は経済至上主義的で科学万能の未来社会において追い詰められる詩人の姿をそれぞれ描き、表面的には、ヴェルヌ個人の思想信条（保守的という以上に、後ろ向きの懐古趣味）の直接的な表現になっている。ここにある要素をそっくり反転させると、《驚異の旅》になる——フランスは外国に、未来と過去は現在に、カトリック王党派は政教分離的穏健共和派に、科学不信は進歩肯定に。

　とはいえ、この反転もまた、表面的なものにすぎない。ヴェルヌの小説の基本的なモチーフのひとつとして、「旅行する家」がある。科学が社会の基盤そのものを揺るがし、今のこの快適な生活が脅かされることはいやだ

けれど、もし科学によって生活がより便利になり、珍しい経験ができるなら、それは享受したい——こういう欲望は、そのまま現在の私たちのものでもある。ヴェルヌは、それを最初に完全な形で表現した作家だった。そうしたことが可能だったのは、ヴェルヌが科学に対する夢と不信を同じくらいの激しさで持っていたからである。したがって、ヴェルヌの科学には、当初から、子供に刃物を持たせた時のような、危なっかしさの感覚がつきまとっており、これこそが潜水艦ノーチラス号に代表される彼の機械の魅惑の大きな部分を成している。

4. 冒険小説作家の誕生（1861年〜1863年）

　1861年、一人息子ミシェルの誕生を目前に控えて、ヴェルヌは、イニャールおよびもう一人の友人と連れ立って、北欧への旅に出る。ヴェルヌは、かねてから「北極」に抗いがたく惹かれるものを感じており、この旅行は、その憧れを部分的に満たすためのものだった。息子の誕生の直後にパリに帰ったヴェルヌは、早速この時の体験に基づいて『スカンジナヴィアにおける三人の旅行者の陽気な悲惨道中記』（1861年、生前未刊行）を書いた。残念ながら最初の一章しか残っていないが、溌剌とした調子で自分を茶化すその文体は、すでに《驚異の旅》の基本となるトーンを完全に予告している。それだけではなく、この小説は、ヴェルヌが濫読していた通俗地理学書から得た情報をパッチワークするという手法を

取っており、同時にそのことを最初から明らかにしている点で、《驚異の旅》創作の楽屋裏も垣間見せてくれる作品なのである。

そして、その翌年の1862年、遂に、未来の《驚異の旅》の最初の作品が書かれる。ヴェルヌは、『スカンジナヴィアにおける…』で用いた手法を初めて本格的なフィクションに適用して空想旅行小説を書くに当たり、個人的な思い入れのある「北」とは正反対の「アフリカ」を敢えて選んだように見える。当時、アフリカは、リヴィングストン、バートン、スピークといった探検家たちによってまさに現在進行形で探索されつつあったため、資料にも事欠かず、世間の注目も集まっていた。ヴェルヌは、ちょうどその頃に初めて読んだアメリカの怪奇幻想作家エドガー・アラン・ポオ（1809年〜1849年）のＳＦ的作品に強い影響を受け、アフリカを横断する手段として気球を選ぶことで、冒険のスリルに、上空からの視線や快適な旅という新しい要素を結びつけることに成功したのだ（当時、気球を操縦することは技術的に不可能だった）。

この小説に目をつけたのが19世紀フランスを代表する名物編集者ピエール＝ジュール・エッツェル（1814年〜1886年）であった。王党派のヴェルヌとは違い、二月革命にも参加した共和主義者のエッツェルは、家庭向けの雑誌「教育と娯楽誌」の創刊を準備中で、科学を読みやすく紹介する作家を探していたのである。エッツ

ェルは、『空中旅行』というタイトルを『気球に乗って五週間』に変え、書き直しを命じた上で、この作品を出版した（1863年）。その直後に、それまで大の気球マニアだった写真家のナダールが「飛行機派」に鞍替えし、ヘリコプター建造の資金集めのために巨大気球・巨人号を作って打ち揚げるという偶然がタイミングよく生じたことも、この小説の成功を後押しした。

　こうしてヴェルヌの長い修行時代はようやく終わりを告げた。時にヴェルヌ35歳。以後、エッツェルの強い要請と指導を受ける中で、ヴェルヌは、自分自身では思ってもみなかった科学的な空想旅行記という分野におのれの天分を見出すこととなる。1886年にエッツェルがこの世を去った後は、その息子と協力関係を維持し、1905年に没するまで、毎年新作を世に問い続けたのである。

第2章　『80日間世界一周』の成立

石橋正孝

『80日間世界一周』には3つのヴァージョンがある。最初に書かれるもボツになった戯曲版、新聞に連載されて人気を博した小説版、その小説版を元に書き直され、空前の成功を収めた新戯曲版である。異なったヴァージョンが書かれた経緯、内容の違いを見てみよう。

1.『80日間世界一周』のあらすじ

　1872年10月2日。イギリスで召使として静かな暮らしをしたいと願うフランス人、パスパルトゥー（図2）（「合鍵」という意味のあだ名）は、英国一規則正しい生活を送るフィリアス・フォッグ（図3）と主従の契約を結ぶ。理想の主人にめぐりあったとパスパルトゥーが喜んだのも束の間、フォッグが同じ「改革クラブ」のメンバーとトランプの最中議論となり、80日間で世界を一周するという賭けをしたため、その日のうちにロンドンを後にしなければならなくなる。3ヵ月で世界一周をするのさえ大変なことだった当時のこと、80日とは常識はずれだった。

　このフォッグという男は、とにかく几帳面で正確、常に冷静沈着で、まるで機械のよう、およそ人間らしい感情は持っていないように見える。最小限の時間をうまく使えばすべての用に足りると豪語するフォッグには、強

図2　パスパルトゥー
（『80日間世界一周』より）[1]

図3　フォッグ
（『80日間世界一周』より）

力な味方がいる。お金だ。全財産の4万ポンドのうち、2万ポンドを賭け、残り2万ポンドを現金で鞄に詰めて旅に出たのである。なにしろ、この当時は、「日の沈まぬ国」といわれた大英帝国の全盛期。ロンドンから東に出発したフォッグは、エジプトからインド、そして香港まで、旅程の前半はイギリス領を通っていく。途中唯一ちょっと毛色が違う国に立ち寄るが、それが開国したばかりの日本だった。この日本から太平洋を渡るとアメリカ。まだ西部開拓が進行中のこの広大な国を横断すれば、イギリスは、大西洋をはさんで目と鼻の先。多くの定期航路が世界の海をカヴァーし、鉄道網も整備され、以前と比べれば格段に世界は小さくなったと感じられていた。

　もちろん、フォッグの旅は平穏無事にはすまない。ちょうど同じ頃銀行から5万5,000ポンド盗んだ強盗がい

図4　アウダの救出　　　　図5　インディアンとの戦い
（『80日間世界一周』より）　（『80日間世界一周』より）

て、探偵フィックスは、フォッグこそこの強盗であると確信して追跡する。インドでは、年老いた夫を若くして亡くした女性アウダが生きたまま火葬に付されそうになっているところに行き会い、彼女を救出する（図4）。アメリカでは、もちろん、汽車がインディアンに襲われる（図5）。大西洋を横断する快速蒸気船に乗り遅れ、代わりに乗り込んだ船は石炭が足りなくなり、船体の木の部分を燃やして進む。ようやく80日目にリヴァプールに到着したフォッグは、フィックスに逮捕されてしまい、万事休す。人違いが判明してロンドンに向かったものの、到着したのは期限切れの5分後。

　失意のフォッグにアウダが結婚を申し込み、それを受

1）『80日間世界一周』からの図版は、光文社古典新訳文庫（高野優訳、2009年）からの転載による。以下同。

図6 賭けに勝つ
(『80日間世界一周』より)

けた氏は、パスパルトゥーを牧師の家に送り出す。ここで驚くべき事実が判明する。東に向かって世界を一周したフォッグは、帰ってみるとロンドンより1日先に進んでいたのである。当時はまだ日付変更線は存在しなかった。フォッグは、時差に合わせて時計の針を進めるだけで日付は調節していなかったのだ。最後の最後でフォッグは改革クラブに約束の時間にたどり着くことができ、賭けに勝利したのだった（図6）。

2.『80日間世界一周』の誕生

　ある日、新聞を読んでいたジュール・ヴェルヌは、ひとつの記事に目を止めた。以前は、ヨーロッパからインドに行くために、アフリカを迂回しなければならなかった。ところが、地中海と紅海を結ぶスエズ運河が1869

年11月に開通したお蔭で、理論上は80日間で世界一周ができるようになったという。この記事がきっかけとなって、ヴェルヌは、10年近く前に読んだアメリカの作家エドガー・アラン・ポオの短い作品を思い出した。

　問題の作品のタイトルは、「週に三日の日曜日」（1841年）。同じ日に一人は西、もう一人は東に向かって世界一周に出発した二人の船長が同時にある日曜日に帰ってきたところ、西に向かった船長は、昨日が日曜だといい、東に向かった船長は明日が日曜だと言い張って、同じ週に三度の日曜日ができてしまったという他愛もない話である。これにヒントを得たヴェルヌは、80日間で世界一周をしようとした人物が1日得をしたり損をしたりする話ができないかと考えた。

　しかし、ヴェルヌはすぐにそのアイデアを使うことはなく、ほかの沢山のアイデアと一緒に、しばらく頭の中で温めていた。フランスとプロシアとの間で勃発した戦争が1871年に終わり、エッツェル書店が営業を再開した時、ヴェルヌは、ある演劇関係者から、戯曲を一緒に書かないかと持ちかけられる。演劇で成功することが若い頃からの夢だったヴェルヌはこの話に飛びついた。その時、彼の頭に、80日間で世界を一周するあの男のアイデアが使えるのではないかとひらめいた。話を持ちかけてきたエドゥアール・カドルにそう提案すると、彼も乗り気になり、早速二人の間で話し合いが始まった。

　いったい、二人のどちらが主人公フィリアス・フォッ

グを、その召使パスパルトゥーを、アウダを、フィックスをつくったのか、そもそも、エキセントリックな英国紳士が80日間で世界一周するという賭けをする話にしようといったのはどちらだったのか。二人の言い分は真っ向から食い違っていて、この共同作業の実態は明らかではない。確かなことは、二人の話し合いで決まったことに基づいて戯曲を書いたのはカドルだったこと、その戯曲の出来がお世辞にもよくはなかったため、どの劇場も採用しなかったこと、そして、カドルの許可を得てヴェルヌがこの戯曲を小説に書き直したことだ。

　こうして『80日間世界一周』は誕生した。『ル・タン』という新聞に連載されると、たちまち評判となった。フォッグがロンドンを出発するのが1872年10月2日、その80日後が12月21日。新聞連載の開始が1872年11月5日、終了が12月21日（当時の新聞は翌日付の夕刊紙なので、これは発行日）。読者は、フォッグがまるで今実際に世界を一周しているかのような感覚で連載を読んでいたのだ。連載終了後、ただちに単行本が発売され、大成功を収めた。ヴェルヌの生前に小型の通常単行本の売り上げが10万部を超えたのは、この小説だけである。大判の挿絵版はおそらくその3倍か、ひょっとすると4倍は売れたかもしれない。そして、小説は新たに演劇化され、小説以上に人気を博した。『80日間世界一周』は、ヴェルヌの生涯最大のヒット作だった。

3. オリジナル戯曲と小説版の違い（1）
　　——「受け狙い」の「軽薄」さ

　戯曲を書くといった複雑な作業を共同でする場合、後から協力者それぞれの仕事を客観的に区別するのはほとんど不可能である。ヴェルヌとカドルの言い分が食い違うのは仕方がない。とはいえ、これだけは間違いなくヴェルヌの仕事だ、といえる部分がある。そう、ヴェルヌとカドルが書いた元々の戯曲と小説が違っているところ、ここにはヴェルヌのオリジナリティが発揮されているはずだ。

　では、元々の戯曲はどういうものだったのか。この戯曲は、結局上演されず、印刷もされなかったため、てっきり失われたと思われていた。それが再発見されたのは、2004年のこと。そこには、おなじみの登場人物たちは全員そろっていた——フォッグも、パスパルトゥーも、フィックスも、アウダもいたし、天狗の軽業師一座を率いるアメリカ人（バタルカーではなく、バルタカーだったが）、船を燃やされるスピーディ船長といった脇役も。アウダの救出劇もあったし、インディアンの攻撃も、賭けに敗れたと思ったフォッグが一日間違えていたために、賭けに勝つというどんでん返しもあった。

　しかし、小説とはまるで印象が違う。一言でいってしまえば、全然ヴェルヌらしくない。パスパルトゥーがフォッグの召使となった後、フォッグは、改革クラブでホイストの相手と議論の末、80日間で世界を一周するという賭けをして出発する。ここまでは小説と同じであ

る。しかし、次のスエズのシーンで早くも様子がおかしくなる。ヨーロッパとアジアの境界であるこの地で主人公一行を待ち構える探偵フィックス。フォッグこそ、彼が追跡する銀行強盗だと確信したフィックスは、スエズ駐在領事に相談する。小説版では名なしの彼は、戯曲では、ミスター・ルーム。この領事と、フィックス、パスパルトゥー、フォッグの間のやりとりが続く間、ひっきりなしにルーム夫人が顔を出し、「マイ・ダーリン、ローストビーフが焼けましたよ、冷めてしまいますよ」といっては、ルーム氏に、「新しいのをつくれ」といわれて、「はい、ダーリン」と引っ込む……。

　こうした繰り返しは、インドの裁判のシーンでもあって、ここではなんと、裁判長の子供が生まれそうということで、何度も奥方のところに呼び出され、そのたびに裁判が中断するのだ……。要するに、この当時、芝居で客はこういうのをおもしろがると思われていたパターンなのだが、おそらくカドルのアイデアによるこうした部分は、すでに同時代の劇場関係者にも退屈だと思われたらしい。

　カドルが持ち込んだ「いかにも演劇的」な要素の特徴を一言で言えば、「軽薄」となるだろう。こういう「軽薄」さはヴェルヌの小説でもたまに顔を覗かせるとはいえ、ここまでひどくはない。そして、フランス喜劇における「軽薄」中の「軽薄」といえば、なんといっても「恋愛」だった。

4. オリジナル戯曲と小説版の違い（2）
　── 「恋愛」、そして「幻の一日」

　ジュール・ヴェルヌは、「恋愛」を書くのが大の苦手だった。初めて上演された戯曲「折れた麦わら」（1850年）を始め、小説家としてデビューする以前のヴェルヌは、たびたび戯曲で恋の駆け引きを描いている。ところがよく見ると、迫り来る女性から逃げようとして逃げ切れない男といった具合に、この時代特有の女性恐怖が根底にあったり、あるいは、娘の父親になんとか婿として認められようとする若者のように、実は男と男の関係が問題だったりしている場合が多い。

　少年向けの冒険小説の書き手となったヴェルヌには、そのような「大人向け」の書き方はできない。若い男女の間の「清純な」感情を正面から書かなければならないとなった途端に、彼はどうしようもなく照れてしまう。「『愛』という言葉を書くだけでも怖気づいてしまいます」と編集者エッツェルに宛てた手紙（1866年）で打ち明けているほどである。

　感情を表に出さず、アウダ夫人の美しさにも動じない小説版のフォッグに親しんでいる者には、追っ手を逃れて助けを求めるアウダとスエズで最初に会った瞬間に一目惚れしてしまい、うわ言めいたことを口にする戯曲のフォッグは、かなり異様に見える。フォッグはアウダを救出した後、何度も彼女に思いを告白しようとし、彼女もそれを期待するのだが、あと一歩のところで邪魔が入

る。最大の邪魔者、それはパスパルトゥーではない。フィックスなのである。彼もアウダに一目惚れしたのだった。一行がインディアンに襲撃され、フォッグとパスパルトゥーだけ彼らの手中に落ちた時、気絶したアウダを連れてフィックスは先を急ぐ。そして、リヴァプールでフォッグの到着を待ち構える。その時、もし自分と結婚するなら、フォッグを逮捕するのは止めるとアウダに迫る。愛する人の賭けの成功を考えてそれを受け入れるアウダ。しかし、フォッグは、彼女を失った以上、賭けの勝利にはなんの意味もないといって、ロンドン行きを中止しようとする。アウダは真情を隠せなくなり、フィックスがフォッグを逮捕しようとしたその時、真犯人逮捕の一報が届き、一行は汽車に飛び乗ったものの、期限には間に合わなかった。一身を整理すべく、パスパルトゥーを銀行に送り出すフォッグ。フォッグとアウダが将来を改めて誓い合っているところへ、パスパルトゥーが飛び込んでくる。今日は月曜ではなく、期日の日曜だと叫びながら。慌てて飛び出すフォッグ……。

　戯曲版と小説版の最大の違い、それはこの「幻の一日」の発覚の仕方だといえる。戯曲版では、恋愛のドタバタが主で、「幻の一日」はあくまでその最後を外部から不意打ちする。小説版では、結婚式の段取りを整えるべく、パスパルトゥーが牧師の家に派遣されたところで、その三日前にフラッシュバックする。フォッグの留守中にイギリスではなにが起きていたのか。真犯人が逮捕

され、人々の関心がふたたびフォッグに集まり、改革クラブの賭けの相手は、内心の不安を押し殺しながら、運命の瞬間を待つ。そこに現れるフォッグ。フラッシュバックの続きを読んでいるつもりでいた読者にとって、運命の瞬間は「昨日」の出来事だ。ところが実際には「今日」のことだった。読者は気づかないうちに一日先に進んでいたわけで、小説版では読者だけが「幻の一日」に不意打ちされるのである。

　これは小説にしかできない芸当だった。逆にいえば、戯曲にはこれができないからこそ、「恋愛」のドタバタが必要だったのだ。

5. アドルフ・デヌリーとヴェルヌの脚色
　　　——「映画化」のはしり？

　「恋愛」がなくなった小説では、フォッグは機械人間に徹し、すべての興味は時間との競争というサスペンスに集まる。「幻の一日」が最大限の効果を上げることができたのは、まさしくこのためだった。

　小説の大成功によって、頓挫していた演劇上演がふたたび現実味を帯びてくる。カドルは戯曲に手を入れて劇場に売り込みをかけるものの、またもやうまく行かない。そこで、当時の演劇界のヒットメイカーであったアドルフ・デヌリーに脚色を依頼する話が持ち上がる。デヌリーは、カドルの戯曲を一切使用せず、読みもしないという条件で、この話を引き受けた。ヴェルヌは、南仏にあ

ったデヌリーの別荘を訪れ、二人はそこで作業に取りかかった。

当然、小説そのままではお芝居にならない。「恋愛」をもう一度復活させなければならない。とはいえ、機械人間というフォッグのイメージはもはや動かせない。では、どうするか。別の人間に「恋愛」をさせればいい。パスパルトゥー？　もちろん。彼に結婚を迫る女中が追加される。でも、それだけでは足りない。かといってフィックスというわけにもいかないので、フォッグの対になる新しい人物を追加することになる。

アーチボルト・コーシカン。この名前はヴェルヌの別の小説『浮かぶ都市』（1870年）の主人公と同じだが、全然別の人物。突飛なことをした人だけが入会を許される「変人クラブ」への入会をフォッグに拒否され、世界一周旅行中の彼に決闘を申し込んでは、腕や足を負傷。そうこうするうち、次第にフォッグに共感を覚えるアーチボルトが恋に落ちる相手は……。アウダの妹という次第。一方、フィックスは、色々な人物に変装してフォッグを付け狙い、その札束を詰めた鞄まで奪う始末。

さて、いよいよ大詰め。賭けの相手に送金しようとパスパルトゥーを郵便局に派遣した結果、一日間違えていたことに気づいたフォッグは、ロンドンに行こうとしたその時に、フィックスの手で逮捕されそうになる。そこでアーチボルトが身代わりに罪を被るという展開になる。感謝しつつその場を去るフォッグ。その直後に真犯

人逮捕の報が届き、アーチボルトは、アウダ姉妹とパスパルトゥーを連れて一路ロンドンへ。しかし、「変人クラブ」にまだフォッグの姿はない。期限切れ直前に姿を現したフォッグは、着替えをしていたのだった……。

　というわけで、「幻の一日」は、ここでは新たなドタバタを用意するきっかけにしかなっていない。それ以上に、この芝居はとにかく盛りだくさんだ。横浜には寄らず、その代わりに（？）マレーシアに漂着したフォッグたちは、そこで大蛇が群れをなす洞窟に入ってしまう。さらに、この芝居で一番盛り上がったシーンは、インディアンの酋長とフォッグの息づまる対決なのだが、残念ながらここでは紹介できない。生きた象や本物の蒸気機関まで出演し、ジャン・コクトーやジュリアン・グリーンといった将来の作家を含む多感な子供たちを熱狂させた舞台は、第二次世界大戦の直前までロングランを続けたのだった。

　それにしても、こうした脚色、まさにハリウッド映画を先取りしていたといえるのではないだろうか。

第3章　『80日間世界一周』と日本

藤元直樹

　この章では『80日間世界一周』と日本との関連を示す。まずは明治時代に同小説の初訳を手がけた川島忠之助、そして作品を舞台にあげた川上音二郎の活躍を紹介する。さらに物語に触発されて実際の世界一周旅行を企て、日本を訪れたネリー・ブライ、ジャン・コクトー、マイケル・ペイリンの足跡を追ってみる。

1. 川島忠之助（1853年〜1938年）
―― 233日間世界一周

　日本における『80日間世界一周』受容史の巻頭におかれ、さらには、フランス文学邦訳の嚆矢とされる記念碑的な出版物が、慶應義塾出版社から刊行された川島忠之助[1]（図7）による翻訳『新説八十日間世界一周』（1878年〜80年）である。

　1876年11月26日[2]、川島は寒波によって打撃を受けたイタリアの養蚕業界に、蚕の卵を売り込む商人の一行に通訳として加わり旅立った。シティ・オブ・ペキン号でサンフランシスコに到着した川島らは、鉄路アメリカ

---

1) 早くからフランス語を学び、横須賀製鉄所、富岡製糸場などで活躍。文人としても立つことを祈念していたが、横浜正金銀行に入り、フランスで仕事をしているうちに文筆活動は途絶えた。大正の末に柳田泉、木村毅によって見出されるまで、銀行家川島がヴェルヌの翻訳者であったことは、ほとんど忘れられていた。
2) 川島本人の回想に基づく柳田泉「川島忠之助伝」『早稲田文学』（255号、1927年）には25日と記されていたが（70頁）、当時の新聞記事によれば26日が正しい。

図7 川島忠之助
(川島瑞枝『我が祖父 川島忠之助の生涯』皓星社、2007より)

東海岸へと向かう。明治文学研究者の柳田泉による伝記によれば、この汽車旅行の最中に手に入れた英訳版『80日間世界一周』[3)]を読んだことが、のちの訳業のきっかけとなったという。東海岸で一週間程度過ごしたのち、大西洋上でクリスマスを迎え、イギリスのリヴァプールを経てフランス、ル・アーブルに上陸。陸路、パリを経てリヨンへと赴き、1月14日に漸く、イタリア、ミラノにたどり着く。

なかなか進展しない商談の合間に川島は、スイス、イギリス等のヨーロッパ各地を巡った。そして1877年7月16日に帰国[4)]。この233日間におよぶ世界一周のなかで川島は、ヴェルヌが描いたさまざまな土地に実際に立ち、その旅を実体験している。同書の翻訳者として、まさにはまり役であったのだ。

だが川島がいつ、どのような経緯で作品の仏語版を手に入れたかについては情報が錯綜している。柳田泉は、川島が「洋行以前、当時パリ三井物産支店にゐた従兄弟の中島［才吉］氏から贈物にもらつた」同書を読了しており、英語版の増補ぶりに興味を覚え、帰国後間もなく、翻訳にとりかかったと記す[5]。しかし、三井物産の創立は1876年7月、そのパリ支店が開設されるのは1878年パリ万国博覧会の開催に合わせてのことであり、川島の洋行後の出来事なのである。さらに川島の渡航前後の時期、中島は外交官としてイタリアにいた。

　柳田と同様に川島を取材した木村毅は次のような記録を遺す。「［中島は］一八八（ママ）五年（明治八年）の巴里博覧会の時フランスに行つてゐて、そこで丁度『八十日間世界一週』が脚色上演せられてゐるのを見て興を催し、絵入の豪華版一本を求めて［川島］翁に送つた」[6]。この博覧会がパリ万国博覧会をさしているとすれば、1875年ではなく1878年が正しい。となると、これは邦訳刊行開始後の出来事となってしまうのである。つまり、従来指摘されてこなかったが、実は、整合性のある『80

---

3) 原作にない増補部分の存在からStephen W. Whiteによる英訳The Tour Of World In Eighty Days(1874)が川島の参照した原書だと考えられている。
4) 川島瑞枝『我が祖父　川島忠之助の生涯』（皓星社、2007年）の2章では、同行していた雨宮敬次郎の回想『過去六十年事績』（桜内幸雄、1907年）に基づき、1877年6月18日に帰国したとされるが（26頁）、7章では柳田泉の記述を引いて7月15日と記される（65頁）。この不整合は、帰路においては雨宮とは別行動を取っていることから生じたもので、帰国の正確な日付は新聞記事から7月16日であったとみるべきだろう。
5) 柳田泉、前掲書2)、70頁。
6) 木村毅『明治文学を語る』（楽浪書院、1934年）、114頁。

図8　川島忠之助訳『八十日間世界一周』表紙
（慶應義塾図書館所蔵）

日間世界一周』受容史を組み立てるに足る資料は、今日、失われてしまっているのである。

　慶應義塾出版社が作品邦訳の版元として名乗りを上げた経緯については、朝吹英二[7]がその間を取り持ったということのみ、柳田の「川島忠之助伝」に見える。朝吹は『八十日間世界一周　前編』刊行の翌月、つまり1878年7月には「出版販売方面が閑散になつたので」[8]三菱入りしてしまっており、これが事実とすれば、『80日間世界一周』は朝吹の最後の置き土産ともいうべき出版企画であったことになる。確かにこの時期、慶應義塾出版社は沈滞期にあり、それが逆に、当時としては実験的といってよい翻訳小説の出版企画を受け入れる余地を作ったのかもしれない（図8）。

　その後は、井上勤が次々とヴェルヌ作品を日本に紹

介していき、1888年には『通俗八十日間世界一周』も刊行されている。井上の訳本は平仮名が使用されているため、漢字に片仮名を交えた川島訳とは見た目の印象が異なるものの、文章自体は川島訳を踏襲しており、白川宣力氏は、川島訳を全面的に流用した可能性を示唆している[9]。

2. 川上音二郎（1864年〜1911年）
——舞台に上がった80日間世界一周

　自由民権思想の啓蒙を目的とした壮士芝居から出発し、日本演劇史に名を残す川上音二郎（図9）はヴェルヌ作品をいくつも舞台にのせている。1896年の『瞽使者（皇帝の密使）』、1897年の『八十日間世界一周』、『鉄世界（インド王妃の遺産）』、1910年の『世界一周』（改作再演）などだ。特に『瞽使者』はその後、明治期を通じて、川上以外の演者によっても上演されている。なお川上が関わっていないヴェルヌ作品の上演例としては『月世界行』や『無名氏』[10]が知られる。

　川上による初演の様子を当時の新聞から紹介しよう。

---

7) 生没1849年〜1918年。三井財閥で重きをなした明治、大正期の実業家。茶人としても知られる。
8) 大西理平『朝吹英二君伝』（朝吹英二氏伝纂編会、1928年）、68頁。
9) 白川宣力翻刻解説「翻刻：川上音二郎一座使用上演台本『八十日間世界一週』」『人文社会科学研究』（21号、1981年）。
10) 上演状況については、白川宣力編「明治期西洋種戯曲上演年表」『演劇研究』（17〜18号、1993〜1994年）を参照のこと。なお『無名氏』は、戦後訳の存在しないヴェルヌ作品 Famille-sans-nom の邦訳。

図9 川上音二郎
(国立国会図書館「近代日本人の肖像」より)

ベルヌが作『八十日間世界一週』を日本化せしものなり。此狂言は、仏国を初め他の国にても芝居に仕組みあれど、今回のは是等と全く脚色を異にして、作の眼目なる旅行中の出来事よりも却つて、例の探偵的事実に重きを置きたり。原作の光彩に如何ほどの関係あるかは、姑く措き、兎に角、言行一致を重んずる紳士、身を棄てて同胞を救はんずる忠僕などに看客を動かし、一方には軽薄紳士の非行、上流夫人の花合などを示して諷刺の意を寓し、さては間違なりにも外国の智識を看客に与ふるは、盗賊種、刃傷種のみを演じて余念なき他の壮士芝居に比して、選択の上に一等を抽んでたる者と云ふべし(『万朝報』1897年2月19日)。

　川上による『八十日間世界一周』は、旧来の日本の芝居とは異なる、スマートでかつ見せ場も多く用意され

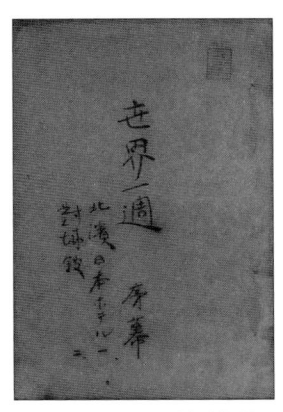

図10 「八十日間世界一週」(台本) 第1巻表紙[11]

た演劇として好評を持って迎えられ、東京での公演の後、横浜、名古屋、京都と巡演された。

その後は1910年に川上による再演があり(図10)、大正時代には『ジョンブル気質』なる邦題での訳書(安東鶴城訳、フース・フー社、1913年)や、英語教本としてのダイジェスト版『世界一周』(研究社、1915年)があったが、作品自体については次第に言及される機会が減少していった。昭和期には、円本と呼ばれる全集ブームの中で刊行された日本文学全集の一つ、改造社の「現代日本文学全集」の一巻が〈開化期文学集〉として川島訳を採録している。

---

11) 1910年、再演時の台本。物の周囲などをさす「周」より、めぐるという意味の「週」の字の方が適切として、再演時にタイトルの漢字が変更された。早稲田大学演劇博物館所蔵(ロ16-01130)。

図11　ネリー・ブライ
(DVDディスク "American Experience: Around the World in 72 Days"
[Wgbh Boston,1997]ジャケット)

3. ネリー・ブライ（1864年〜1922年）
――女性ジャーナリストの72日間世界一周

　日本におけるヴェルヌ翻訳のブームが一段落した時期、今度は『80日間世界一周』を基にしたメディア・イヴェントに日本が巻き込まれる。ネリー・ブライ（Nellie Bly）の筆名で知られる女性記者エリザベス・ジェーン・コクラン（Elizabeth Jane Cochran）が（図11）、1889年11月14日、ニューヨークのワールド新聞社の企画で世界一周の一歩を踏み出したのだ。果たして80日間世界一周は実現されるのか。緊密なスケジュールの合間を縫ってアミアンでヴェルヌとの会見を果たしつつ、日本には翌年1月2日到着。新年の飾り付けがなされた日本の姿とその印象をブライはその旅行記『72日間世界一周（Around The World In Seventy-two Days）』の第15章

「日本での120時間（One Hundred And Twenty Hours In Japan）」で大変好意的に綴っている[12]。同書では、日本の新聞から取材を受けたことにもふれられていた。

4. ジャン・コクトー（1889年〜1963年）
──詩人の巡った世界

「横浜へ来たコクトオはスウツケイス一つの身軽な旅行者だつた。荷物の上には、ジャン・コクトオとは書かずに、わざとフィレアス・フォッグと書いてあつた。キル君の鞄にはパスパルトウ。いづれもジュウル・ベルヌの小説『八十日間世界一周』の主人公の名前である。すっかり二人で彌次郎兵衛と喜多八とになりきつて旅行してゐのであつた」（「コクトオ口伝」『改造』18巻7号、1936年、115頁）、とコクトー来日の様子を記したのは、慶應義塾に学んだフランス文学者堀口大学である。

ネリー・ブライの世界一周の年に生まれた詩人ジャン・コクトーはフランスの新聞「パリ・ソワール」の企画としてヴェルヌの『80日間世界一周』を実地に試みる旅に出る。期日までに戻れなければ原稿料なしに旅行記を発表するという条件で、友人マルセル・キルとともに1936年3月28日夜にパリを旅立つ。旅行記では期日内に旅が終えられたかのように描写されているが、帰着

---

[12] 同書は未訳ではあるが、プロジェクト・グーテンベルグで電子化されたテキストがネット上にあるので興味を持たれた方は是非ご覧いただきたい。

したとされている6月17日は第82日目に当る。本来であれば81日目の出発時刻以前に出発点に到達していなければならないわけであるが、旅程上の82日目が現地における81日目であるという、物語のキモに引きずられて、到着日を設定し間違えたものか。本来ならばルール違反であるはずの飛行機を使っての移動も挟まっており、この企画自体のゲーム性は低い。また、メディア・イヴェントとして同時並行して報道を行うという形式はとられず、連載自体も帰国後に設定され、『80日間世界一周』の枠組ではなく、自由に見聞がなされることを優先していたようだ。

連載の後、1937年2月にガリマール社より刊行された『僕の初旅・世界一周』(第一書房)の日本での邦訳刊行はそのわずか3カ月後の5月。訳者あとがきは4月8日付けというスピード出版ぶりであった。翻訳を手掛けたのは、日本においてコクトーを歓待した堀口大学である。連載時のテクストを底本に翻訳をはじめ、単行本が出るやいなや細かに照合して訳稿に手をいれるという熱の入れようであった。

5月16日神戸に到着したコクトーがマスコミの取材を拒まなかったことで、日本では逆に、来日がメディア・イヴェント化している。その足跡については西川正也『コクトー、1936年の日本を歩く』(中央公論新社、2004年)があり、同書に詳しい。菊五郎の長唄舞踊『鏡獅子』に感嘆し(図12)、相撲観戦に際し力士を

図12　ジャン・コクトーの来日記事
（『読売新聞』昭和11年5月20日付朝刊より）

「薔薇色のヘラクレス」と形容したコクトーは、ラジオ出演までこなして、22日にアメリカへ向けて出帆する。これは訪れた者、訪れられた者、双方ともに良い刺激を与えあった旅であったが、この時、既に戦雲は迫りつつあった。

　さて、世界戦争の時代を越えて、メディアの花形となったテレビは『80日間世界一周』とどのように取り組んだのか。

5. マイケル・ペイリン（1943年〜）
　　──モンティ・パイソン世界を行く

　イギリスのＢＢＣテレビの喜劇番組としてスタートし

第3章　『80日間世界一周』と日本　　47

た「モンティ・パイソン」の一員、マイケル・ペイリンは、同局で「マイケル・ペイリンの旅（Michael Palin's Travel）」なる旅行番組を手掛け、ユニークな旅の企画を次々と実現している。

その番組で『80日間世界一周』旅行がスタートするのは、先に見たネリー・ブライから99年後、そしてコクトーの旅から52年を経た1988年9月25日のことであった（図13）。

体験談として刊行された『80日間世界一周』山村宜子訳（心交社、1991年）で自身が語っているとおり、飛行機を使えば36時間で世界一周ができる20世紀末に、どのようなルールを設定すれば面白い番組ができるのか。それこそが製作者の知恵の見せ所である。

ヴェルヌ作品の旅程をなるべく忠実にトレースすることが心掛けられるのだが、世界は百年の間に大きく変化している。第一に作品世界では中国に至るまでの海上交通が大英帝国の一貫した官僚システムで管理されていたが、今日ではいくつもの国境が横たわり、極めて非効率的な事務手続が行く手を阻む。さらに旅客の主流が航空路に移ったため、地表を移動するという行為自体が極めてイレギュラーなものとなり、そうした世界旅行者が得られる便宜はきわめて限られる。

定期運航する旅客船が世界を覆っていた時代は過ぎ去り、旅程を先へ進める船を確保することも行き当たりばったりである。もっとも、次々に起こるトラブル、そし

図13　マイケル・ペイリンの旅（スタート地点）
（http://palinstravels.co.uk/ より）

てハプニングこそが、娯楽番組にとって必要不可欠なものであった。

　バブル景気真っ只中の日本へは、フォッグの日程に遅れること一週間の51日目、11月14日に到着。昭和天皇の最後の日々を報じる新聞、カプセル・ホテル、回転寿司等々に目が向けられ、狂騒的な日本の姿が綴られている。ネリー・ブライやコクトーとは違い日本のマスコミの取材を受けることもなく、16日にコンテナ船でアメリカへと向かったペイリンは、見事79日目にロンドンに帰着する。

　マイケル・ペイリンの旅からも早20年。ネットにより情報の流れは、劇的に変化をとげたが、地表の物流に目を向ければ、大きな変化はないといえるかもしれない。

　本章後半で取り上げた、イヴェントとしての世界一周

旅行が可能なのは平和な時代のみである。これからもさまざまな紛争や軍事的緊張の高まりが『80日間世界一周』を阻もうとすることだろう。そうした困難が解決され『80日間世界一周』が変奏され続けていくことを祈念してこの章の結びとしたい。

第2部

『80日間世界一周』と横浜

第1章　エメ・アンベールと
『80日間世界一周』における横浜

新島　進・島村山寝

　　『80日間世界一周』が日本人にとって特別な作品である理由は、作中に当時のヨーロッパ人が見た、開国直後の日本の様子が描かれているからだ。その舞台こそが横浜である。この未知の街をヴェルヌはいかにして描いたのであろうか。また、神秘に包まれた極東の港は作品のなかでどういった役割を負っているのだろうか。

1. 横浜描写の元ネタ
——エメ・アンベールと『日本図絵』

　地球の空白を埋め尽くす、書き尽くす——作家ジュール・ヴェルヌが《驚異の旅》連作でおこなったのはまさにそんな試みだった。中編、長編を合わせて80作近い彼の小説の舞台を挙げれば、それは世界地図のパズルをひとつひとつ組み立てていく作業になる。東欧、南欧、北欧の各国、アフリカ、南米、北米、オーストラリアなどの各地域はもちろん、当時は資料が乏しかったアジア、たとえば中国（『中国におけるある中国人の苦悩』1879年）、トルコ（『頑固者ケラバン』1883年）といった国々も描かれている。

　だが、地表のほとんどといっていいヴェルヌ作品の舞台に対し、作家が実際に足を運び、目で見たフランス国外の地域はきわめて限定的なものだ。若い頃のスコットランド、北欧への旅、有名作家になってから自ら所有す

る船でおこなったヨーロッパ沿岸と地中海の船旅、あるいは当時最大の客船〈グレートイースタン号〉での大西洋横断（1867年）くらいであろう。そもそも《驚異の旅》には、当時の技術では――その一部は現在でも――とうてい到達することのできない地点が描かれている。深海や極点（『海底二万里』1870年）、あるいは月の裏側（『月を回って』1869年）などである。

　ヴェルヌがそうした地を、実際に見てきたかのように書くことができたのは、言うまでもなく、現地を訪れたことのある者の旅行記、あるいは天文学や地理学における学者の仕事があったからである。ヴェルヌがこうした資料に広くあたっていたことはよく知られている。ＳＦ文学の祖と称されるヴェルヌであるだけに、想像力の豊かさがもてはやされるが、ここでいう想像力とは単なる空想とはまったく異なるものだ。不在の世界を空想するのではなく、未知の世界を「本当らしく」描くこと、それを可能にしていたのがヴェルヌの想像力であった。

　『80日間世界一周』においてもヴェルヌ自身は世界一周をしてはおらず、横浜を訪れてもいない。この極東の港町を描く際に作家が参照したとされるのが、スイス人エメ・アンベールの著作『日本図絵』である[1]。では、このアンベールとはいかなる人物であったのか。

　19世紀中頃、西洋列強は海外、それも東洋における新たな市場を求め、日本に強く開国を迫っていた。圧力に屈した江戸幕府は1858年、アメリカ、イギリス、フ

ランス、オランダ、ロシアと修好通商条約を結ぶことを余儀なくされる。これらは日本にとって不利な、いわゆる不平等条約であり、のちの明治政府はその改正に苦慮することになる。横浜ほか、箱館、新潟、神戸、長崎が開港したのもこの条約を受けてのことであった。しかし条約締結には、江戸幕府大老、井伊直弼が朝廷の許しを得ずにおこなった経緯があり、幕府内部には反対派も多く、国内では尊皇攘夷運動が盛りあがりをみせていた。そんな厳しい状況のなか、日本との条約締結で他国に遅れをとったスイスが、大使として極東に送ったのがエメ・アンベールだった（図14）。

　エメ・アンベール（Aimé Humbert）は1819年、時計産業で今も有名なスイスの町ラ・ショー゠ド゠フォン近郊の村で生まれている。フランス国境近くのこの地域は

───────

1）邦訳はエメ・アンベール『アンベール幕末日本図絵』上・下、高橋邦太郎訳（雄松堂書店、1969-1970年）。また文庫版のエメ・アンベール『絵で見る幕末日本』茂森唯士訳（講談社学術文庫、2004年）、および『続・絵で見る幕末日本』高橋邦太郎訳（講談社学術文庫、2006年）。文庫版の前者はロシア語版（抄訳）からの重訳、後者は前編で欠けていた部分を雄松堂書店版で補ったもの。原著 Aimé Humbert, *Le Japon illustré*, Paris, Hachette, 1870 は現在、インターネットサイト「同志社大学学術リポジトリ」において無料閲覧できる（http://elib.doshisha.ac.jp/japanese/index.html）。いずれの版も本稿をまとめるにあたって参考にした。
　ヴェルヌによる横浜記述の元資料を突きとめたのは日本の研究者、富田仁氏である（『ジュール・ヴェルヌと日本』花林書房、1984年）。同書で氏が述べるように、当時、フランス語で書かれた日本旅行記は『日本図絵』のほかにも存在し、ヴェルヌが他書にあたっていた可能性もある。しかし富田氏が分析した両者の対応を見る限り、アンベールの紀行文が元資料であることは間違いないように思われる。また氏の分析では、ヴェルヌが参照したのは、のちに二巻本にまとめられる『日本図絵』の書籍版ではなく雑誌掲載時の記事だという。パスパルトゥーの歩いた横浜が1872年、つまり『80日間世界一周』がフランスで新聞連載されていた時の横浜"ではない"ことは次章を参照のこと。

図14　エメ・アンベール
(『アンベール幕末日本図絵』下巻、雄松堂書店、1970より)

フランス語圏である。平民の出で、父親は時計屋。ローザンヌ(スイス)とテュービンゲン(ドイツ南部)で学び、モルジュとベルン(ともにスイス)で語学や文学を教えた。やがて政治に転じ、1857年、プロイセン国王領から独立したヌーシャテル(のちにスイスに統合)の内閣で官職についている。1859年に政府を辞すると、ヌーシャテルの時計業者組合の会長となる[2]。そして1862年、上記のとおり、日本との条約締結を望んでいたスイス連邦によって、全権公使の任を与えられる。

アンベール率いる使節団は1862年11月、フランスのマルセイユから乗船し、日本到着は翌年の4月だった。艱難辛苦の末、スイスと日本とのあいだに修好条約が結ばれるのは1864年2月、アンベールはすぐさまスイスに戻ったので、彼は日本に10ヵ月ほど滞在したことに

なる。そしてこの間におこなった日本観察を後日まとめたものが『日本図絵』(Le Japon illustré) である。1867年、まずは「世界一周」誌に連載されたのち、1870年にパリで二巻本として刊行された。英訳やロシア語訳も出ており（ただし両者とも抄訳)、当時のヨーロッパにおける日本紹介に一役買ったものと思われる。

多数の図版に彩られたこの書は、アンベール一行が長崎、瀬戸内海を経て横浜に入り、庇護を受けることになっていたオランダ総領事の家に身を寄せるくだりからはじまる。ヴェルヌが引用しているのは、冒頭部分に直結する、弁天地区および日本人一般についての記述からである（第1巻第1部4〜7章)。次にアンベールは、日本民族の起源や神話、天皇と京都についての説明をおこない、さらに自ら試みた鎌倉方面への遠足——八幡宮や大仏は見学したが、江の島には行けなかった——の様子を語っている。そして、オランダ公使館の所在地で、ア

---

2) アンベールが時計の町の出身で、来日直前には時計業者組合の会長を務めていたことは暗示的である。時間あたりの生産量が重要となる産業資本主義の発展のなか、『80日間世界一周』もまた、タイトルが示すように、移動時間によって移動距離が換算できる世界を活写した小説である（ついでに留守のあいだの80日間、点けっぱなしだったガスの料金が示すように、時間とお金も等価に計算できる)。主人公フォッグも生きた人間というより「時計人間」として設定されている——「昼食や夕食はクラブ内の同じ部屋、同じテーブルで、クロノメーター［高精度時計］で計ったようにいつも決まった時間にとった」(鈴木啓二訳、岩波文庫、2001年、12頁)。この生活様式は、出版契約にしたがって黙々と小説を書き続けた作者ヴェルヌ自身のそれも彷彿させる。作品の最重要アイテムもパスパルトゥーの持つ「曾祖父以来の、先祖伝来の懐中時計」であり、それは「一年に五分の狂いだってない」ものだった。またヴェルヌが作家修業時代に書いた短編「ザカリウス親方」(1854年) は究極の時計を作ろうとした老技師の話で、やはりスイスのジュネーヴが舞台だった。

第1章　エメ・アンベールと『80日間世界一周』における横浜

ンベールも滞在した長応寺（港区高輪、現在は存在せず）を中心に、江戸城周辺の観察と徳川幕府体制の解説が続く。ここまでが上巻で、下巻では江戸の各地区、日本橋、本所と深川（現在の墨田区）、浅草、新吉原や、王子稲荷神社など郊外の風景が描かれる。末尾は横浜開港の経緯に話が戻り、ヨーロッパ列強との接触によって動揺する日本と明治維新が報告されている。なお書中、アンベールは本来の目的である条約締結交渉の顛末についてはほとんど言及せず、外国人暗殺をはじめとする攘夷運動の盛りあがりと幕府の拙い対応、それにつけこむ諸外国の動向が語られるくらいで、終始、日本の紹介に徹している。

　その観察の対象は多岐にわたる。宗教（仏教、神道、稲荷信仰、七福神）、年中行事（正月、盆踊り、各種の祭）、冠婚葬祭、娯楽（物見遊山、温泉、茶屋、曲芸、相撲、芝居。特に浅草の祭や吉原の売春宿）、文学、音楽、さまざまな美術品や手工芸品——フランスの作家マルセル・プルースト『失われた時を求めて』で有名になる「水中花」も紹介——、武士、医師、商人、漁師、農民の様子などが仔細に記されている。なかには日本人の器用さや、入浴の習慣への言及——もちろん混浴についても——など、のちに、ステレオタイプの日本人像をつくる特徴も随所に見られる。

　総じて描写は客観的であるが、鎌倉の大仏などは別として、仏教やアミニズム信仰には強い嫌悪感を示す。

とりわけ徳川幕府に対する評価は厳しく、日本の近代化を阻害した元凶として一貫した批判をおこなっている。当然起こりうる勘違いや間違った説明もあるが、その観察眼はおしなべて鋭い──たとえば日本の家財道具、食器、陶器には角の尖ったものがないという指摘など。さらに中国人に比べて生来、器用な日本人が「機械方式の応用によるあらゆる産業技術」において「ヨーロッパ諸国民の、手強い競争相手となりたいと高邁な野心を抱いている」とし（雄松堂書店版、下巻387頁）、その実現を留保つきで予想しているが、これも百年後に証明されることになった。またヴェルヌも作中で引用しているとおり、鳥に関心を寄せることが多いのも印象的である。

　横浜描写のアンベールの実際の文章は次章で紹介するとして、帰国後のアンベールについて触れておこう。スイスに戻った彼はローザンヌで女子学生寮を主宰し、また1866年から1893年まではヌーシャテルの新アカデミーで学長を務めている。それは次第に大学に近い組織になっていき、彼はここで教育学やフランス文学を教えた。また平和主義者としての活動もおこなっている。1870年～71年の普仏戦争ではパリから避難してきたドイツ人を救護して本国に送る任務を担い、逆に、フランスの将軍ブルバキ率いる敗走の軍がスイスに入った際には、こちらにも救助の手をさしのべた。あるいはイギリスの活動家とともに売春婦制度の反対運動にも加わっている。そして1900年、ヌーシャテルで生涯を閉じた。アンベ

ールの『日本図絵』を読むとき、当時の西欧人にとって日本訪問が、まさに「未知との遭遇」だったことを強く印象づけられる。SF文学の祖と称されるヴェルヌだが、近代SFを生む土壌が、西欧帝国主義時代の徒花ともいうべき「エグゾティスム」にあったことを改めて認識させられる。では、そんなアンベールによる観察から描かれた横浜は『80日間世界一周』のなかでどんな役割を負っているだろうか。

2. 小説の構成における横浜

　ここで一度視点を転じて、小説全体のストーリー構成の中で、横浜がどのような位置を占めているかを概観してみたい。旅先での個々の事件を離れて全体の構成を見ていくと、この小説のもう一つの面白さが見えてくる。全37章からなる『80日間世界一周』は24章の太平洋横断を境に、旧大陸編と新大陸編の二つに大きく分けられる。22章、23章の横浜寄港は、旧大陸編の最後であり、いわば中締めにあたる。新大陸編は、フォッグ、パスパルトゥー、アウダ、フィックスの4人が一体で動くところが旧大陸編とは大きく違う。したがって、24章で3番目に大事なことは、パスパルトゥーとフィックスが和解し、以後行動をともにすることに支障がなくなることである（2番目に大事なことは、フォッグがアメリカに着くまでに1日も損をしていないということだ）。

　香港が最後のイギリス領であった（逮捕状が有効な最

後の土地であった）ため、刑事フィックスは、フォッグが銀行強盗ではないかという自分の疑惑をパスパルトゥーに打ち明け、彼がそれでもフォッグに忠誠を誓うことを確認すると、出港の時期が早まったことを知らせないため、彼を酔わせてフォッグから引き離す。インドで生命を救われ、同行するようになったアウダは、香港にいるはずの身寄りが不在であることが判り、あとはフォッグを頼って旅に同行するしかなくなる。

　フィックスの策略で生じた遅れを取り戻し、引き離されたパスパルトゥーを横浜で無事に発見して、4人そろって太平洋横断の客船に乗り込むところ（フィックスは隠れているが）がポイントである。アウダはもとよりフィックスも、逮捕状が無効になったからには、逆にフォッグに早くイギリスに帰ってもらう方が得策となる。つまり、横浜は4人の足並みがそろい、イギリスへの帰還に目的が一致する大事な箇所なのである。

　この後に続く新大陸編では、フィックスとパスパルトゥーがある程度和解して、4人はそろってアメリカ大陸横断鉄道に乗り込む。列車が、寝台車も食堂車も何もかもそろっているのは、『海底二万里』（1870年）の潜水艦ノーチラス号や、『月世界旅行』（1865年）の砲弾ロケットなど、ヴェルヌの他の作品に出てくる乗り物を連想させる。最低限の設備はそろっている狭い空間で、顔を突き合わせて行動するのはヴェルヌでは定番の状況設定だ。もともと、ヴェルヌの《驚異の旅》シリーズは、

若い読者に海外の自然や文化を教育することが一つの目的であったから、主人公たちが揃って未知の世界を見聞するという、視線の方向を統一する環境を必要としていた。

　潜水艦から眺める海底世界が驚異であるように、4人全員にとって「異国」である、アメリカという広大な空間の驚異を、4人の視点を集めることで強調することができる。その「定番」に持ち込むために、太平洋上での和解は必要であり、それ以前に4人が揃うことが求められるのである。

　そのアメリカに乗り込む前に、フォッグが日数を損も得もしていないことや、アウダがフォッグへの思いを自覚することにも触れられていて、太平洋上では旧大陸編が一段落し、読者は、これから4人の運命はどうなるのか、という興味に注意を集中させられる。これがヴェルヌの狙いである。なぜなら、24章で1番大事なことは、日付変更線を通過したことを、読者に気付かれないまま語らずにすませる、ということだからだ。パスパルトゥーの時計が、時差が12時間になって見かけ上表示が元通りになる、ということは紹介していても、日付が1日ずれることは言わずにとぼけるのだ。つまり、太平洋上を「幕間」であるかのように構成すること自体、読者の注意をそらすヴェルヌのトリックなのである。だから、話が「一段落」つくのは、その手前である横浜、ということになる。

この小説は実によく計算されている。アメリカで、列車は原住民に襲撃される。パスパルトゥーは身を挺して列車を止め、皆を救うが捕まってしまう。フォッグは旅行を中断し、賭けに負けるのを覚悟のうえで彼を救出に向かう。それを見たアウダはフォッグを「英雄」と思い、ますます惹かれていく。フィックスもまた心を動かされ、初めてフォッグに協力を申し出る。ここにもヴェルヌの意図がある。フォッグが何者であるか、最後まで明かさずに小説を終えること。そのためには、何者であるか分からなくても、フォッグを信頼し応援する、そうした感情を、アウダ、パスパルトゥー、とりわけフィックスが獲得する必要があったのだ。

　フォッグが何者であるかに読者の興味が向けば、話は脇道にそれて、小説全体のテンポが壊れてしまう。3人の視点を通して読者も感情移入をすることで、内面や過去を一切語らなくても、自分がどのような人物であるかを徹底して行動で示す人物として、フォッグを承認し信頼する。それにより、彼が期限までにロンドンに帰りつけるかという時間との競争、心理ドラマを排したゲーム的な面白さに興味を集中させ、直線的な物語を脱線させかねない他の要素へ注意をそらさないようにすることこそ、ヴェルヌが目指したことなのである。そのために、4人はアメリカで一緒に行動し、大事な瞬間に同じ場面に居合わせる必要があった。そこに向けた布石として、4人はまず横浜で足並みをそろえなければならなか

ったのだ。横浜はその後のすべての展開を準備し、状況を整えるための、重要な地点だったのである。

3. 幻想を生む空間としての横浜

　横浜はまた、ヴェルヌに少なくない、幻想を生む空間としての役割も果たしている。それを示すのがパスパルトゥーの天狗への変身である。次章で詳しく語られるとおり、一人はぐれたパスパルトゥーは横浜に降り立って以降、金もないままさまよい続け、次第に外国人居留地から日本人街へ入り込んでいく。もともと彼は、停留地に着くたび一人で街中に出ていく癖があって、いわば読者の目となって観察する役割をもっている。ヴェルヌはパリのファッションがジャポネスクに影響されていることにも触れて、読者を横浜の情景に引き付ける。ここでは、これまでの街よりも、もっと雑然と人が多く、見慣れない風俗に満ちた街として横浜が描かれている。

　港を散策するパスパルトゥーは最後に水田にまで出てくるが（図15）、ここでの描写はなぜか彼が突然そこに立っている、という印象を受ける。迷ったわけではないにせよ、今までと違って、行くあても、戻るべきところもない。行くべき方向を見失った、彼の孤独が表れた場面である。こうした、見慣れない風俗、方向を失った感覚は、横浜を地理的空間から切り離された「異界」、既知ではなく未知の空間への入口として位置付けているように見える。

図15　横浜の田植えの情景（当時）
（長崎大学附属図書館蔵）

　夜が近づき、彼は空腹に襲われる。ヴェルヌ作品における旅では、準備された乗り物や計画した道筋から外れた者は、補給経路も同時に断たれ、たちまち飢餓に直面する。ここでのパスパルトゥーは、他のヴェルヌ作品で起こる、極地で氷に閉じ込められたり（『ハテラス船長の航海と冒険』1865年）、大西洋の真ん中で遭難したり（『チャンセラー号』1875年）、無人島に置き去りになること（『神秘の島』1875年）などに、案外近い状況にあるのである。大げさに聞こえるかも知れないが、実際彼は横浜で遭難者のごとく飢餓に直面するのであり、この危機を脱するために服を売り、日本人の格好をせざるを得なくなる（72頁図18参照）。さらには曲芸団に入り、天狗の姿に変わってしまう。まるで横浜に、日本に溶け込んでいくように。

　こうした展開は、異世界に迷い込んだ者が次第に変身していく、おとぎ話や伝説を思い起こさせる。日本が

図16　横浜の風景
(『80日間世界一周より』)

図17　天狗の姿
(『80日間世界一周』より)

「異世界」というと、ヴェルヌのヨーロッパ中心的な考え方が顔を出したように思えるかも知れないが、夜になったり、森の中に入ったり、何かのきっかけで人が変身してしまう話は、人狼伝説を始め、洋の東西を問わず多くある。ヴェルヌの作品では、飢餓や孤独のために理性を失い、人間が変わり果てていくという、いわば暗い側面の主題がしばしば出てくる。このように姿が変わる事態は他の作品でしばしばあるわけではないけれども、そうした暗い主題の反映として、狂気に陥る代わりに、パスパルトゥーの姿が変わっていくのではないかとも考えられる（図16）。

　フォッグが彼を見つけられなければ、彼は天狗の姿をしたままアメリカに渡り（図17）、その後どうなっていただろうか。ずっと天狗のままとは言わないが、元の彼

には二度と戻れなくなっていたのではあるまいか。また、彼がいなければフォッグも賭けに敗れ、二人の運命は大きく変わっていただろう。

　幸いなことに、フォッグは「ある種の予感に促されて」、曲芸団の小屋に入る。パスパルトゥーが芸人だったことを思い出したのかも知れないが、そうした合理的な説明はなく、これはヴェルヌ特有の「摂理」[3]と言えるかも知れない。フォッグは運命を味方につけるために、パスパルトゥーは天狗から以前の姿に戻るために、ヴェルヌにとってはこの小説が成功するために、二人は再会しなければならなかった。

　このように、ヴェルヌは最新の流行や文化、科学技術をふんだんにとりいれたエンターテインメントを演出

---

[3]「摂理」(providence) もまた、ヴェルヌ作品の重要なモチーフのひとつである。インドを鉄道で行く車中での場面に、「天は自ら助くる者を助く」という言葉が出てくるが、ヴェルヌ作品の主人公たちは、本人の意思を超えた偶然や奇跡のような出来事に救われ、目的を達成したり、無事に帰還したりすることが多い。試練を乗り越えた者に、運命は味方をするのだ。もっとも、あからさまな神の采配（ゲーテ『ファウスト』の結末のような）ではなく、あくまでも何らかの説明がつくか、偶然を装うところがヴェルヌ的「摂理」の特徴である。その最たるものが、この小説の最後のどんでん返しであろう。

　ところで、意志の塊のようなフォッグ、すべてを見通しているかのようなフォッグが、横浜でパスパルトゥーを捜すときに、「見つけることができないのではないかと思えてきた」と、珍しく悲観的な考えにとらわれるのは興味深い。これは24章で、後からアウダがパスパルトゥーに語ったことになっているので、実際に彼がどう思ったのかどうかは分からないが、フォッグがパスパルトゥーの動きを読むことができないことは確かなのである。

　実は、インドでアウダを救い出す、アメリカで列車を止めて皆を救うなどの際、パスパルトゥーはフォッグの意思から離れている。彼がいなければ、フォッグは何も得られることがなかっただろう。パスパルトゥーこそ、フォッグにとっての「摂理」の代弁者なのではないだろうか。最後のどんでん返しもまた、彼によってフォッグに伝えられるのである。

すると同時に、古代の神話や伝説に通じるような物語や、幻想的なイメージを展開してみせる。横浜の場面もまた、ヴェルヌのこうした多面性をかいま見せてくれると言えるだろう。

　いささか余談だが、この章の筆者は横浜市西部の出身であり、30年ほど前までは、パスパルトゥーが訪れた水田の風景は近所で見ることができた。大きな鳥こそいなかったが、田んぼ沿いの舗装されていない道に梅や桜が並んでいた。いくら他の旅行者による実際の見聞を元にしたと言っても、あり得ないノスタルジーを呼び起こすほどに、ヴェルヌの描写は不思議な現実味を帯びている。こうした空想の迫真性、幻視の力とでもいうべき想像力こそ、ヴェルヌの真骨頂といえるものだ。この力が、現実の記録や研究から取材しながら、自らのモチーフが織りなす幻想の世界を作り上げるまでに至り、宇宙や海底、地底への旅へと読者をいざなう原動力なのだろう。港町を散策しながら、ヴェルヌの広大で豊かな想像力の宇宙に思いをはせるのもいいかも知れない。

第2章　小説の横濱と現在の横浜

幕田けいた・新島　進

　ここまで作家ジュール・ヴェルヌ、『80日間世界一周』の成立、その受容と横浜の役割を眺めてきた。作品理解の外堀が埋まったところで、本章ではヴェルヌ／アンベールによる横浜の描写を具体的に追い、その際に生じたタイムパラドックス（？）について紹介しよう。

1. タイムパラドックス

　1872年11月13日、フィリアス・フォッグ卿の従者パスパルトゥーは、横浜の地に上陸する。主人であるフォッグ卿とは数日前、上海で離れ離れになったため、たった一人での来日であった。頼る者もなく、不案内な地に放り出されたパスパルトゥーは、不安と持ち前の好奇心がないまぜになった心持ちで、この不思議の国の散策を始めるのだった。

　パスパルトゥーは、太陽の子孫たちが住まうかくも興味深いこの国土に、何の感激も無いまま足を踏み入れた。彼には偶然を案内役に、行き当たりばったり町の通りをあるくこと以外にこれといってすることはなかった（263頁）[1]。

---

1) 本章では『80日間世界一周』を以下の版から引用し、頁数のみを示すこととする。ジュール・ヴェルヌ『80日間世界一周』鈴木啓二訳（岩波文庫、2001年）。

前章で指摘されたとおり、ヴェルヌの横浜は、スイスの首席全権大使として1863年に来日したエメ・アンベールの紀行文が基になっており、これによりその描写の正確さは保証されているように思われる。だが、客観的事実を重要視したヴェルヌの作風は、作中の横浜描写に一つの問題を引き起こしている。横浜を詳しく描いたアンベールの文章は1863年の記録であるが、それを参考にして描かれたパスパルトゥーの横浜上陸の様子は1872年の設定。つまり9年の差が発生しているのだ。そしてその間、横浜——引いては日本全体は——大きな変貌を遂げていた。つまり、パスパルトゥーが歩いた1872年の横浜は、すでに過ぎ去っていた前時代の風景だったという、タイムパラドックスが生じてしまったのである。
　横浜のエピソードの冒頭、彼が到着した船着場を見てみよう。

　船が接岸したのは、港の桟橋や税関の倉庫の近くの、ありとあらゆる国に属する数多くの船舶のただ中であった（262頁）。

　横浜の船着場といえば、大型船が停泊する海の玄関、客船埠頭の大桟橋を連想する向きが多いだろう。しかし、1859年の開港当時の横浜港は施設がほとんどなく、水深も浅かったために、大型船の接岸はもとより係留する

こともできなかった。アンベールが来日した1863年当時、大型船は湾内に停泊し、乗客や荷物の揚げ降ろしは艀や汽艇と呼ばれる小型の船に乗り換えて行うのがやっと。そもそも、この地にあった横浜村は、人煙希薄な百戸ばかりの、ごく小さな半農半漁の村だったのだ。

　次章でも紹介するとおり、今の大桟橋の場所には、2本の小さな波止場があり、海側から向かって左側が外国人用の小型船の船着場「東波止場（イギリス波止場）」、右側が「西波止場（税関波止場）」と分けられていた。これが1867年になると、「東波止場」は増設されて形状は大きく湾曲し、「象の鼻」という愛称で今日呼ばれる特徴的な形になる。

　ところが『80日間世界一周』のパスパルトゥー上陸のシーンでは、そうしたエピソードには一切触れられておらず、むしろ、あっさりと流しているようにも思える。これは「東波止場」が言及に値しなかったわけでも、スペースが足りなかったせいでもない。アンベールの記述には無かった歴史的事実だからなのだ。

　こうした時差のなか、パスパルトゥーの見た「1863年の横濱」をヴェルヌの小説とアンベールの紀行文を比較しながら眺めていこう。そののち、いくつかの風景について解説を加えてみる。

2. ヴェルヌとアンベールによる横浜の記述

　横浜は、前章の解説にあるとおり、『80日間世界一周』のほぼ中間地点にあたる22章と23章の舞台となる。港にひとり降りたったパスパルトゥーは、無一文で腹が減ったため、翌日、自分の服を売って金策し、代わりに日本の古い服を着る（図18）。そしてアメリカの曲芸師の横浜公演に芸人として——芸は身を助く——雇われ、天狗に身を扮するアクロバット芸に参加する。その公演の最中、彼を探しにきた主人フォッグと偶然に再会し……、というのが横浜編（図19、20）のあらすじである。以下、前章で紹介した富田仁氏の指摘する『日本図絵』と『80日間世界一周』での対応箇所を中心に、パスパルトゥーの横浜散策を追ってみる[2]。

図18　着物姿のパスパルトゥー
（『80日間世界一周』より）

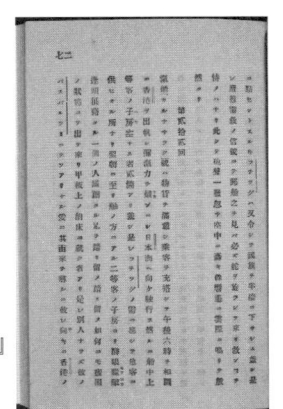

図19 川島忠之助訳『80日間世界一周』
　　　第22章冒頭頁
　　（慶應義塾図書館所蔵）

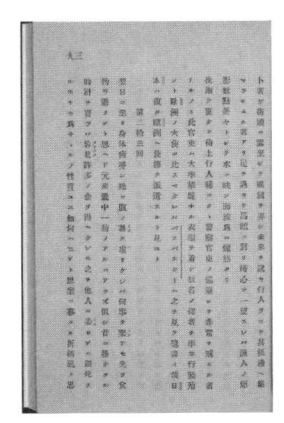

図20 川島忠之助訳『80日間世界一周』
　　　第23章冒頭頁
　　（慶應義塾図書館所蔵）

2）『日本図絵』の引用は『幕末日本図絵』上（雄松堂書店）からで頁数のみを示す。

まずは港に降りた直後のシーン。

　まずはじめパスパルトゥーは低いファサードの家々が並ぶ、完全にヨーロッパ風の界隈に入っていった。家々は**ベランダ①**で飾られ、ベランダの下には上品な列柱が立ち並んでいた。このヨーロッパ風の界隈は**条約岬〔本牧岬のこと〕②**から川まで続く空間全体にひろがっており、そこには数多くの通りや広場、ドックや倉庫が見られた（263頁）。

ここまでがヨーロッパ地区。やがてパスパルトゥーは主人と合流する方法を思案しながら日本人地区に入っていく。

　横浜の中の、現地人たちの住むこの地区は、近くの島に祀られている海の女神の名をとって**弁天③**と呼ばれている。そこには樅や杉の見事な木立が見られた。そこにはまた、風変わりな建築物のための**聖なる門④**や、竹や葦の中に埋もれた橋があった。樹齢何百年という杉林が作る巨大で鬱蒼とした影に守られるように建っている寺院や、仏教の僧侶や儒教の信徒たちがその奥で細々と暮らしている僧院もあった。（中略）。

　実際には通りには人々がひしめき合い、絶え間ない往来が見られた。**坊主たち⑤**が単調に長太鼓を鳴らしなが

アンベール『日本図絵』での記述

① **ベランダ**：［ヴェランダには］木製の広い回廊が付いている。そして、高さは地上3フィートで、スイスの山小屋のように柱で支えられていて、西と北と東との三方に塀がめぐらしてあった。(中略)。居館のどの部屋からも、窓代りの、観音開きのガラス戸からヴェランダに出られた（45頁）。

② **条約岬**（河、通り）：しかし今では、条約岬の下から川に至る間の広い場所に、埠頭、街路、近代的構築物がいっぱいに立ち並んでいる（55頁）。

③ **弁天**（海の女神）：弁天といわれている横浜の日本人街の一部は、海の女神の名前によって付けられたもので、その女神は、われわれの居館の北西にある島［江ノ島］に祀られている（55頁）。

④ **聖なる門**（竹や葦）：ただ弁天島と直接ぴったりくっついている部落だけが旧態依然で、まるで変わったところはない。(中略)。［その部落は］海岸通りの街と一本の橋で連絡している。この橋は、灌木や、竹や、運河を埋めつくしている葦で隠れて見えない。だがわれわれは、西方の別のある地点で、この島と聖地たるにふさわしい前庭への入口を見出した（55頁）。

⑤ **坊主たち**（長太鼓）：しかし私は、しばしば日没のころ、ときには深夜近くでさえ、境内の外まで響きわたるオーケストラのような手太鼓の音を、いくたびも聞いたことがあった（58頁）。

⑥ **役人**（帽子）：役人たちは、漆塗りの厚紙でつくった、

ら列をつくって進んでいった。漆を塗った先のとがった帽子をかぶり、腰に二本の刀をさした**役人**⑥や税関吏、警察官たちもいた。(中略)。そして**一般の市民たち**⑦の姿が見られた。彼らは滑らかで黒檀のように黒い髪をして、顔は大きく、胴は長く、足は細く、背丈はさほど高くなかった。肌の色は暗い銅のような色調からくすんだ白色まで様々であるが、決して中国人のように黄色の肌ということはなかった。日本人と中国人は根本的に異なっているのである。(中略)。何人かのあまり美しいとはいえない**女性たち**⑧の姿が見られた。その目尻はつりあがり、胸はくぼみ、歯は時代の好みに合わせて黒く塗られていた。ただし彼女たちは「キリモン」〔**着物**のこと〕⑨と呼ばれるこの国の衣服だけは上品に着こなしていた。それは、一種の部屋着を絹の長布を用いて締めたもので、長い帯は体の後ろで、奇妙奇天烈な結び目となって広がっていた。当節のパリジェンヌたちはこの結び目をどうやら日本女性たちから借りてきているようである。

　パスパルトゥーは何時間もの間この雑多な群衆の中を歩いた。(中略)。その中に入ることが彼には許されていない「飲食店」の類、さらにはまた、芳しい香りの湯と、米を発酵させて作った飲料である「**サキ**」〔酒のこと〕⑩とを茶碗になみなみと注いで飲むことができる茶屋、そして、その使用がほとんど日本では知られていない阿片ではなく、極上の煙草を吸うための喫

アンベール『日本図絵』での記述

先の尖った丸い帽子と、二本の刀を帯の左側に差している……（59頁）。

⑦ **一般の市民たち**（＝日本人の人種的特徴）：日本人は正しくいうと、均整がとれていないのではないが、一般的に頭部が大きく、肩の中にややめりこんでいる。胸は広く、胴長で、腰の肉付きはよく、脚はやせて短い。足は小さく、手は細く、目立って美しいのもある（79頁）。

日本人の毛髪は例外なくなめらかで密生し、黒檀色をしている。（中略）。皮膚の色は社会階層の相違によって違い、ジャワ島内陸の住民の赤銅色や浅黒い色から、青白いのや、南ヨーロッパの人々のような陽焼けしたのまである。だが、大多数はオリーブ色のまさった褐色で、シナ人の黄色とは絶対に違っている（80頁）。

⑧ **女性たち**：［日本人には］ヨーロッパ人と違う人種上の相違点が二つある。（中略）。すなはち、目が釣り上がっていること、花恥ずかしい娘ざかりの女性でさえ、胸が小さく、乳房が醜く垂れ下がっていることとである（81頁）。

⑨ **着 物**（帯の結び目）：日本人の民族的な衣装は着物 kirimon である。これはゆったりとした部屋着の一種で、女子の着物は男子のよりやや長めで、布地にゆとりがある。帯で体にしっかりと締めつけているが、男子の帯は狭い絹地の細い布で、女子の帯は、幅が広くて、背中で奇妙な結び方をしている（81-82頁）。

⑩ **酒**（茶屋、阿片への無関心）：日本の神社・仏閣にはき

煙所を彼は見た。

　それからパスパルトゥーは、広大な水田に囲まれた原っぱの中にいた。そこでは花々がその最後の色と香りを放ちながら咲きみちていた。鮮やかな色をした椿の花が、背の低い灌木にではなく、高木の上に咲いていた。竹の垣根の中には桜や梅やリンゴの木があった。現地の人々はこれらの木々を果物のためよりはむしろ**花を楽しむために植えていた**⑪。しかめっつらをした**案山子**⑫ややかましい音をたてる回転具が、雀や鳩や鳥や、あるいは他の貧欲な鳥たちの嘴からそれらを守っていた。（中略）。さらにはまた、至る所に鳥や家鴨、ハイタカや鴨がいた。日本人にとって長寿と幸福の象徴であり、彼らが貴人のごとくに扱う**鶴**⑬も、数多く見られた（264-266頁）。

「飲食店」に入れないのは金がないためだ。腹が減ったパスパルトゥーは日本では肉を食用にしないことを思いつつ、夜になったため、ふたたび日本人街に戻る。こうしてこの「太陽の子孫たちが住まうかくも興味深いこの国土」での一日目が過ぎていくのである（ちなみにこの晩、彼がどこで寝たのかは記述がない……）。

> **アンベール『日本図絵』での記述**

まって必ず茶屋、すなわち料理屋がつきものになっている。そこでは、茶と、つぎに米を発酵させてつくった飲料の酒 saki が飲まれ、果物や、魚や、米や小麦でつくった菓子を食べ、ごく小さな金属製の煙管で、こまかく刻んだ煙草を吸うが、麻酔性のものではない。阿片に対する執着は日本にはない（58-59頁）。

⑪ **花を楽しむために植える**（椿、林檎）：あちらにはわが国の林檎の木ほどに伸びた椿が一面に、またその向こうには桜、梅、桃が、あるいは真白に、あるいは真赤に花が重なり合って咲き競い、木によっては白、赤の花をつけているものもある。日本人は一般に果物の収穫にはいたって無関心で、今、私の書きつらねた木を育て上げるのは、八重の花や変種をつくり上げたり、交配して別のものをつくり出す目的のためである（71頁）。

⑫ **案山子**：この期間に、稲にとっての大敵は、褐色と白色の羽を持つ、かわいらしい小鳥たちである。（中略）。［農民たちは］あらゆる案山子の考案に頭をひねる。風車の翼のように竹の回転板をつくったり、藁を束ねてつくった十字架に蓑や麦藁の大きな帽子をかぶせたり、横の方をねらって引きしぼった弓を持つ人間の格好をした案山子を立てたりしてみた（74頁）。

⑬ **鶴**：鶴の印象もまことに感嘆せずにはいられない。（中略）。鶴は亀と並んで、日本人にとっては長寿と幸福のシンボルの名誉を分けあっている。そして日本人は、幸福とは心の平安と魂の明るさに基づくものとしている（69頁）。

3.「完全にヨーロッパ風の界隈」

　引用の冒頭にあったように、パスパルトゥーはまず、横浜の外国人居留地に歩を進めている。最初はフランスかイギリスの領事館員に保護を求める目的もあったのだが、主人のフォッグ卿が、英国銀行での窃盗事件の嫌疑をかけられていることもあり、何の成果も得られないまま断念するのだ。不安を抱きながら外国人の町を歩いたパスパルトゥーが見た街並みはどんな様子だったのだろう？

　1859年に開港していた横浜港では、1862、3年頃には、山下町を中心とする外国人居留地が完成している（99頁参照）。これらは、西洋と日本建築の技巧を寄せ集めた様式で建てられ、二階を一周するヴェランダを備えた大きな瓦屋根を載せた家屋で、広くて風通しも良く、住み心地はいたって快適だったらしい。

　和洋折衷の奇妙な概観は、居留地が、当初、幕府の主導で造成されたために生まれた。パスパルトゥーが物語の中で歩いた外国人街、つまりはアンベールが描いたのは、こうした風景だった。しかし、史実の山下居留地は1866年に起きた「豚小屋火事」と呼ばれる関内大火で大きな被害を受け、翌年、外国商社が立ち並ぶ洋風の商業区域として復興されていた。同時に住宅地区も、外国人人口の増加にともなって移設され、『80日間〜』が発表された頃には、まったくの西洋風建物が建ち並ぶ街になっている。

　それでは「完全にヨーロッパ風」の場所もあったという、この時代の横浜に、海外から持ち込まれた技術とは、

どんなものだったのか。

　筆頭に挙げられるのは船舶の技術である。大型船といえば、すでに長崎には、オランダや中国の外国船が来航していた。また沿岸だけに限れば、和船型の樽廻船[3]、檜垣廻船[4]があったし、幕末には伊豆で西洋式帆船も建造されていた。しかし、風がなくても、自由自在に航行できる蒸気機関は、日本にとって大きな衝撃であった。さっそく1867年には、廻船問屋が小型汽船を購入し、京浜間の往復便「稲川丸」を運行したという記録が残されている。

　明治維新は1868年の鳥羽伏見の戦いで始まるが、戦闘で勝利した薩摩、長州軍は、汽船を使い、兵員、物資の移送を行っている。季節や天候に左右されず、一定の速度で運航できる蒸気機関の、近代的な大量輸送システムとしての有用性が実証されたケースである。

　同様に軍事力や新兵器の軍備も外国技術に頼っている。19世紀半ばには、アヘン戦争での清の敗北を鑑みた水野忠邦[5]の命により、西洋砲術が導入され、近代兵装の部隊も存在していたが、日本の軍事力が急速に近代化し

---

3) 主に上方から江戸に酒荷を輸送するために使われた貨物船。一枚横帆で帆走する弁才船と呼ばれる大型船である。菱垣廻船よりも、船倉が広い。江戸期から明治期まで使用された。
4) 上方と江戸を結んだ大型の貨物船。両舷の垣立（舷墻）に、木製の菱組格子を組んだ事から菱垣廻船と呼ばれた。1770年には競合する樽廻船との積荷内容の分離が定められた。
5) 江戸幕府の大名、老中（1794年〜1851年）。財政の再興を目的とした「天保の改革」など、さまざまな改革政策を実施した。また海外に目を向け、外国船に燃料や食料の支援を行う薪水給与令を発し、一方で西洋流砲術を導入して近代軍備を整えさせた。

第2章　小説の横濱と現在の横浜

たのは、やはり海外の技術が闊達に流入するようになってからだ。幕府側はフランス陸軍の援助で近代化を進め、薩長連合はアメリカから武器を輸入するが、それ以外の諸外国からの売り込みも少なくなかった。

このように外国から多くの文化や技術がもたらされた横浜だが、外国人居留者にとって、必ずしも住みやすい場所とは言えなかった。1862年には、居留地の英国人が薩摩藩の大名行列の前で下馬せず、殺傷されてしまう「生麦事件」が起こった（名前の由来は事件現場の生麦村から。現在の鶴見区にあたる）。居留地周辺は、しばしばこうした事件が起こる物騒な地域で、75年までは居留民保護のため、英仏軍隊も駐留していた。

4.「弁天と呼ばれている地区」

パスパルトゥーが日本人街「弁天町」に入り、あてども無くさまよって、文化、風俗を観察していくくだりは、日本人読者にとって、もっとも興味深いシーンだと思う。ここで、ヴェルヌが最初に触れたのが、「弁天」の由来であった（図20）。

本文で「近くの島」と語られているのは江ノ島だ。江ノ島神社の祭神は多紀理比賣命（たぎりひめのみこと）、市寸島比賣命（いちきしまひめのみこと）、田寸津比賣命（たきつひめのみこと）だが、明治の神仏分離が行われるまでは弁財天を祀っていた。日本では、財宝神のイメージが強い弁天は、元来、インドの河神で、水辺に深い関

図20 弁天
(『アンベール幕末日本図絵』上巻、雄松堂書店、1969より)

係のある場所に祀られることが多かった。「海の女神」の記述はアンベールの文章からの引用だが、弁財天と、竜宮城の乙姫のイメージを重ね合わせる混同は各地にあり、たしかに横浜にも「浦島伝説」が残されている[6]。アンベールも、そうした情報を元に紀行文を書いたのかもしれない。ヴェルヌが「聖なる門」と書いた鳥居の奥に「僧院」があるとの記述も、神仏分離政策の前の姿。これは現在の神奈川県立歴史博物館周辺にあたる。

　元来、日本では、海の近くに祀られた神社への信仰は篤く、それは漁民の命を守ってくれると信じられていたからである。これは海外でも同じで、漁民とキリスト

---

6) 神奈川宿（現在の横浜市神奈川区）にあり、明治元年に焼失した観福寿寺は、浦島太郎が移り住んだ庵とされ、「浦島寺」と呼ばれていた。現在でも横浜には浦島町や亀住町などの地名が残されている。

教との関係性が深いのは、よく知られている[7]。しかし、この地を取材したアンベールは良い印象をもたなかったらしく、横浜村の鎮守、洲干弁天社に対し「人間性をゆがめる宗教」と辛らつな意見を残している。ヴェルヌが作中、その印象まで引用しなかったのは、日本の宗教に関しての情報が無かっただけではなく、アンベールの記述に、港町出身のヴェルヌが感じとった違和感からだったのかもしれない。

　さて、パスパルトゥーが歩いた「弁天町」——実際の弁天通りは、物語中「人々がひしめき合い、絶え間ない往来が見られた」と書かれているように、洲干弁天社へと続く表参道的な商店街であった。現在、商用区の小道になった弁天通りからは、こうした繁華街の姿は想像もできないが、かつては、引用にあるとおり、「日本製の金銀細工の小間物」が積まれたガラクタ屋、飲食店の類、酒類を提供する茶屋、喫煙所が並んでいたという。「弁天町」を抜け、パスパルトゥーは「広大な水田に囲まれた原っぱの中に」に出るが、当時の地図をたどってみると、そこは1856年に太田屋源左衛門によって開墾された、太田屋新田だったと思われる（103頁参照）。

　太田屋新田は、ところどころに沼地がある畑地で、外国人にもずばり「沼地（Swamp Land）」と呼ばれていた、いわばゼロメートル地帯。その埋立は、居留地行政権を持っていた外国側の主導で、外国人居留地取締長官マルティン・ドーメン[8]が尽力し、1860年代末、一応の完成

を見るにいたった。

　さて、異邦を散策した翌日、身の置き場の無さに業を煮やしたパスパルトゥーは、次の目的地アメリカに向けて出帆する客船に雇ってもらうべく、再び港に向かう。そして、途中、街角で目にしたのが「誉れ高きウィリアム・バタルカー率いる日本アクロバット団。（中略）。アメリカ合衆国への出発に先立つ最終公演」（274頁）という広告だった。元サーカス団員だったパスパルトゥーはこうして、日本の曲芸人一座に雇われる。ちなみにその一座の出し物は、天狗の衣装を身にまとった十二人が積み重なり、長い鼻で組んだ「ジャガンナートの山車」の上で軽業を披露するというものだった。「ジャガンナート」は、ヒンドゥ教の神の化身の異名で、神道とはまったく関係の無い名称だが、曲芸の内容自体はアンベールが日本で見た興行を引用している[9]（図21、22）。

5. 近代化する横濱

　パスパルトゥーが訪れた横浜は、実際には大きく様変わりしていたと先に書いた。ではその1872年の横浜の

---

7) 原始キリスト教の宗教活動は、漁村で始まったとされる。新約聖書マルコによる福音書では、ガラリヤ湖の辺を歩いていたイエス・キリストは、湖畔で網を打つ漁民のシモンと兄弟アンデレを、また舟で網の手入れをするヤコブと兄弟ヨハネを、最初の弟子とする記述がある。
8) 生没1832年〜1882年。オランダ人貿易商として1858年に来日。退職後、通訳として日本に残る。その後、英国使臣館書記官を経て、1867年、横浜外国人居留地取締の長官に就任。1878年、英国籍を取得、英国副領事として江戸に住む。ドーメンの公文書は福沢諭吉も翻訳を手がけた。

図21　天狗
(『アンベール幕末日本図絵』下巻、雄松堂書店、1970より)

図22　天狗
(『80日間世界一周』より)

街を見てみよう[10]。

　街の新造の大きなきっかけとなった、1866年の「豚小屋火事」の後、外国側の要求で、フランス公使館前から吉田橋まで造成されたのが、現在でも観光スポットになっている馬車道だ。このヨーロッパさながらの石畳の通りは、居留民の商業活動や、運動や保養のために整備された直線道路である。その端、関内と関外を繋ぐ吉田橋は、イギリス人技師リチャード・ヘンリー・ブライトン[11]が設計したもので、鉄製の橋として架け替えられたのも1868年だった。

　また、延焼防止の目的で、外国人居留地と日本人市街の境界線として、幅の広い日本大通りが敷かれ、太田屋新田の、かつて遊郭だった地域に、現在の横浜公園も作

られている。立ち並ぶ建築物は、次々に洋風へと建て替えられ、神奈川奉行所は1867年、石造りで洋風2階建ての、横浜役所へ生まれ変わっている。

現代の街づくりでも、上下水道や街灯の設置は必要最低限の条件だが、1871年には、居留地に日本人設計の下水道が設置され、翌年には、夜を明るく照らすガス燈が民間の会社によって馬車道や本町通りに設置された。

この時期に起きた変化の一番の目玉は鉄道の敷設だ。1869年に廟議決定がなされた、東京～横浜間の鉄道建設計画は、巷にも瞬く間に広まって、新テクノロジーに対する大衆の期待と好奇心は一大鉄道ブームを生み出していた。その加熱ぶりは、「横浜絵」と呼ばれる浮世絵に、多くの鉄道想像図が残されていることでも分かる。

日本で最初の鉄道は1872年、品川～横浜の約29ｋｍ

---

9)「彼らが江戸で演ずる風変わりな芸は、並はずれて長い付け鼻か、どういう方法によるものか分からないが、顔の真ん中に固定した竹竿で釣り合いをとる一連の曲芸である。たとえば、親方の一人が仰向けに寝て、その鼻の先に子供を一人上がらせる。すると、その子供は片足で体の平均を保ちながら、今度は自分の鼻の上で日傘の釣り合いをとる。さらに、それだけではすまさず、その男はそのままの形を崩さず、宙に片足を上げ、その足の裏に、もう一人の子供が鼻を押し当て、少しずつ逆立ちの姿勢をとり、そのまま、空中に二本の足があるように、じっと静止する。また、鼻の代わりに竹竿で行なう演技は、その巧みさは信じがたいほどなので、大道具に何か支えを隠しているのではあるまいかと疑われるほどである」エメ・アンベール『アンベール幕末日本図絵』下、高橋邦太郎訳（雄松堂書店、1970年）、211頁。
10) この項の参考文献は『横濱市史稿　政治編１～３』、『横濱市史稿　地理編』、『横濱市史稿　神社・教会編』、『横濱市史稿　仏寺編』いずれも横浜市役所編（名著出版、1973年）、横浜市編『横濱市史　第２巻』1954年）、『横濱市史　第３巻上』（再版）（1970年）。
11) スコットランド人の工兵技監、建築家（1841年～1901年）。吉田橋のほか、日本初の電信架設や、横浜公園の設計、横浜居留地での西洋式舗装技術によるインフラ整備を手掛けた。また、全国に数多くの灯台を設計、設置し、「灯台の父」と呼ばれた。

の間で開業したが、これは地理的にも大きな変化をもたらしている。アメリカ人のリチャード・P・ブリジェンス[12]が設計した横浜駅（機関車、客車などはイギリスから輸入、図23）は、現在の桜木町駅あたりに作られたが、鉄道の敷設のため、それに先立つこと数年、まず野毛浦と周辺が埋め立てられ、洲干弁天社も1869年に伊勢佐木長者町近くの姿見町裏に移設。この時、姿見町裏の町名も、天女にちなんで羽衣町に変更されている。これは現在の厳島神社（図24）だが、こちらは後に第二次大戦時の空襲で焼け、当時の姿は残していない。

　新時代のテクノロジーが押し寄せ、それまで漁民の命を守っていたはずの洲干弁天社が、関外に押し出されたのは、時代を映し出した象徴的な出来事かもしれない。

　あまり地質が良くなかった太田屋新田も、周辺の変化に伴い、流入する人口が増えたのをきっかけに埋め立てが進み、遊郭の出入り商人や、外国人の商用を取り持つ職種の人達が多く住む、日本人街になっていった。

　こうした近代化した横浜の風景はどれも、『80日間世界一周』には描かれなかったものである。

　物語の中でパスパルトゥーが歩いた道のりは、実は、横浜の中で、もっとも激変した地域だった。あの日、パスパルトゥーが見た草木や鳥たち、その豊かな自然の光景は、劇的な時代の変化の中で、まるで幻だったかのごとく霧散していったのだ……。

　二つの時代を歩いたパスパルトゥーの足跡は、現在で

もたどることができる。1863年、1872年、そして現在の横浜の街並みを比べてみると、そこに、時代の変遷のなかで変容を続けるこの港町の新しい姿が見えてくるに違いない。

図23　1871年に架設された弁天橋と1872年に完成した横浜駅（長崎大学附属図書館所蔵）。

図24　羽衣町に移転した、現在の洲干弁天社（厳島神社）。

12）アメリカ人の建築家（1819年〜1891年）。日本最初の鉄道である新橋〜横浜間鉄道の横浜駅（現在の桜木町駅）と新橋駅の意匠を手掛けた。その他の建築物では、山手120番英国公使館や弁天灯明台役所なども設計している。没後、横浜の外人墓地に眠る。

第3章　小説の横濱と現在の横浜・散策編

桜井飛鳥

本章では、小説の横濱と現在の横浜[1]**、その街並みの変遷を、各時代の図画と写真を並べることでたどってみる。**

　1872年に『80日間世界一周』を読んでいた読者は、あたかも主人公たちが、小説の連載と同時進行で旅をしているかのような感覚を味わっていた。だが、これまで述べてきたとおり、パスパルトゥーが物語内で訪れた横浜は、実は約十年前、1863年の資料を元にして描かれた横浜であった。

　たとえば1863年の地図（94頁）と1872年の地図（95頁）をそれぞれ見ると、

・港崎（みよざき）遊郭がなくなり、横浜公園の建設が始められている
・太田屋新田が埋め立てられている
・洲干弁天社と鎮守の森がなくなっている

---

[1] 現在の横浜の地図は、横浜ベイシティマップ（www.baycitymap.jp）、たねまるマップ（財団法人横浜開港150周年協会）等を参考に独自に製作した。なお現在の横浜は埋め立てが進んでおり、海岸線が古い時代とは異なる。かつての海岸線は、現在の山下公園通り、海岸通りあたりである。

・日本大通りと馬車道ができている
・横浜駅が建てられている

ことなどが確認できる。実は今日、横浜の歴史観光名所として知られている場所は、1866年の豚小屋火事以降に整備されたものであり、現在では開港当時の姿はほとんど残っていない。

　以下の頁では、ヴェルヌが描き、パスパルトゥーが歩いた1863年の横浜、つまり今はなき開港直後の港の姿をできる限り正確に再現している[2]。古写真や横浜絵なども、1863年前後の様子を伝えているものを極力使用した。ぜひとも本書を片手に、そしておおいに想像力を働かせながら、パスパルトゥーになったつもりで横浜の街を実際に散策されたい。

　さあ、無事に横浜へと上陸できたなら、船着場から歩きはじめよう！

【地図の見方】

　点線はパスパルトゥーが歩いたと考えられるルートで、①〜⑩は道順を示す。ルート上の番号の位置は、現在の写真を撮影した場所、ルートから外れている番号は、建物などの施設を表し、それぞれコメント部の番号に対応している。

2）ただし1863年の横浜もまた、厳密には開港した1859年当時の姿ではない。大きな違いは3箇所。フランス波止場まだなく、横浜新田も埋め立てられていない。洲干弁天社の鎮守の森の一部（1863年の地図右下）も埋め立てられていなかった。

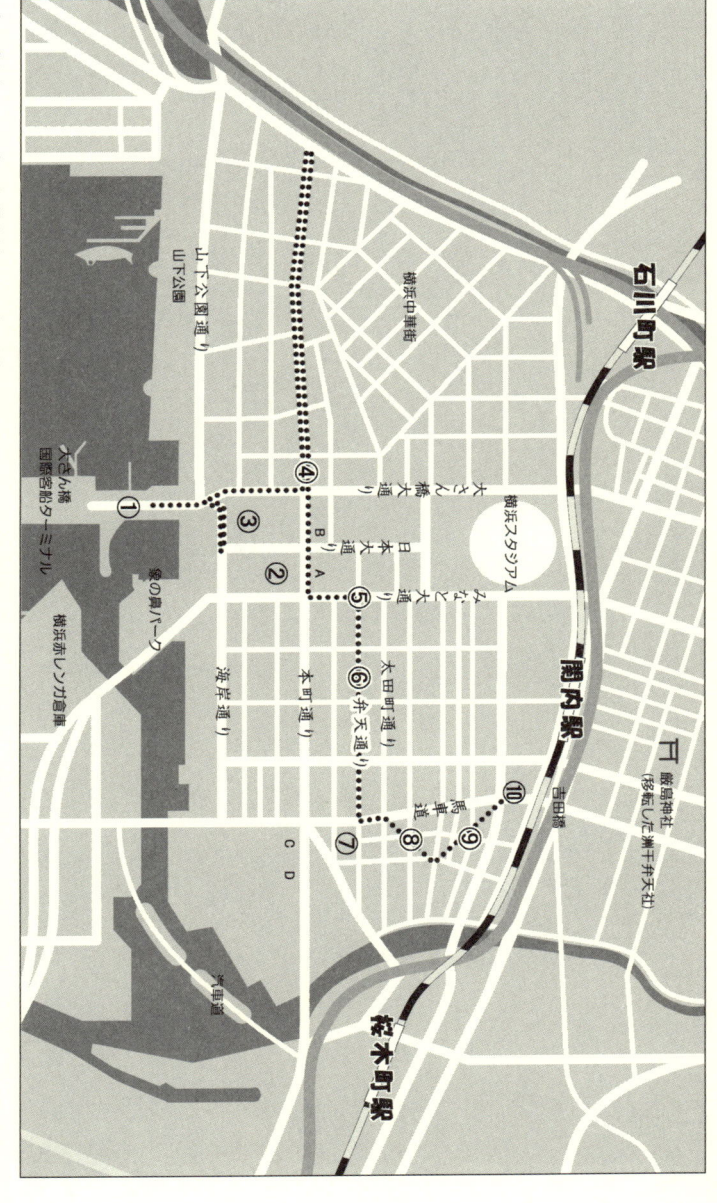

バスバルトゥーの歩いた道を辿る、現在の横浜

山下公園
山下公園通り
大さん橋
国際客船ターミナル
横浜赤レンガ倉庫
象の鼻パーク
横浜中華街
大さん橋大通り
日本大通り
横浜スタジアム
海岸通り
本町通り
太田町通り
弁天通り
馬車道
吉田橋
厳島神社（移転した瀬戸弁天祠）
汽車道

石川町駅
関内駅
桜木町駅

①②③④⑤⑥⑦⑧⑨⑩
A B C D

第3章　小説の横濱と現在の横浜・散策編　93

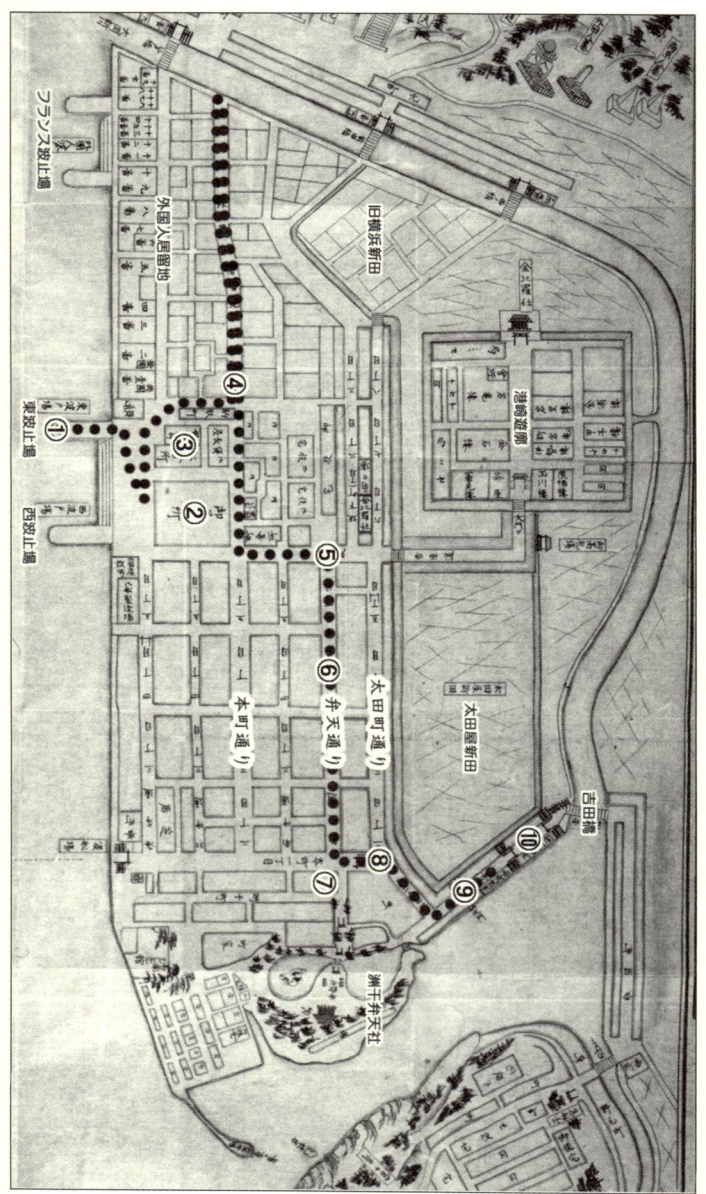

パスパルトゥーが実際に歩いていた、1863年の横浜

フランス波止場

東波止場

西波止場

外国人居留地

旧横浜新田

港崎遊廓

太田町通り

弁天通り

本町通り

太田屋新田

吉田橋

洲干弁天社

横浜開港資料館所蔵

94　第2部 『80日間世界一周』と横浜

パスパルトゥーが日本にやってきた、1872年の横浜

フランス波止場

象の鼻

横浜開港資料館所蔵

第3章 小説の横濱と現在の横浜・散策編　95

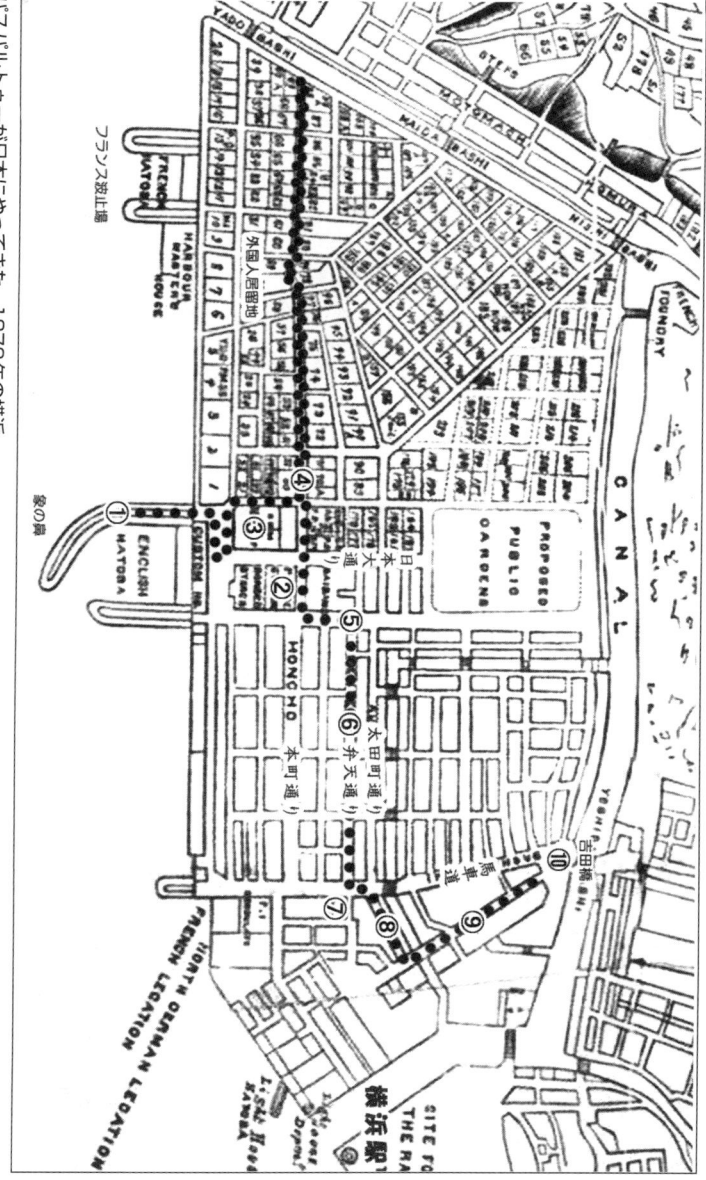

▶神奈川県庁本庁舎屋上から象の鼻パークを眺める。右から中央に伸びている部分が、復元された象の鼻。その右手奥に見えるのが、大さん橋国際客船ターミナルである。①

①東波止場（イギリス波止場）

　当時の波止場は、外国船専用の東波止場（イギリス波止場）と、内航船専用の西波止場（税関波止場）に分かれていた。従って、パスパルトゥーが上陸したのは、外国船専用の東波止場である。1863年当時は、長さ60間（約109メートル）、幅10間（約18メートル）という突起状のものであったが、1866年の豚小屋火事後に行われた居留地整備によって、曲線を描いた形に拡張された。「象の鼻」の名で親しまれるこの特異な形は、本船から積荷や乗客を乗せて波止場までやってきた小舟――艀（はしけ）を風波から守る為である。2009年、横浜開港150年を機に、明治20年代後半の象の鼻が復元され、新たな観光スポット「象の鼻パーク」が誕生した。

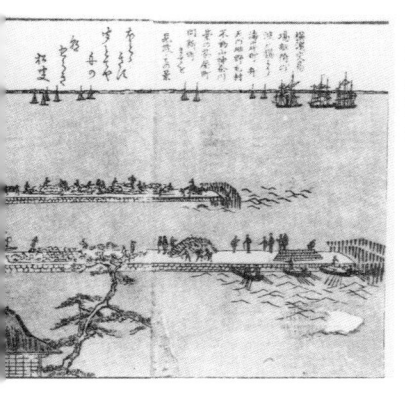

◀開港当時（1860年頃）の横浜の港。中央右手の波止場の内、手前が東波止場。中央左手の建物が運行所。奥に見える森は、洲干弁天社である。（横浜開港資料館所蔵）

◀「キング」の愛称で親しまれている神奈川県庁本庁舎。現在の庁舎は、関東大震災によって焼失した3代目庁舎に代わり、1928年に再建された4代目庁舎である。②

②運行所

　1863年当時、税関、入出港手続など外交関係の業務を担当したのが運行所（現在の神奈川県庁）である。外国船が入港すると本船に役人が出向き、来航目的の確認や積荷の検査などを行った。パスパルトゥーも、ここの役人から質問を受けていたかもしれない。木造だった運行所は1866年の豚小屋火事で消失。翌年、元の建物の裏手（本町通りを渡った現・横浜地方検察庁辺り[A]）に「横浜役所」として再建される。運行所跡地は倉庫となり、これは現在の保税倉庫の原型と考えられている。横浜役所は、その後の組織改変により、「横浜裁判所」（「裁判所」は今でいう役所の意）、「横浜運行所」と名称変更されていったが、パスパルトゥーが横浜を去った約2週間後の1872年11月28日に「横浜税関」となる。

第3章　小説の横濱と現在の横浜・散策編　　97

◀1859年の大火後に移転してきた、明治初期ごろのイギリス領事館。敷地内に見える木は、大火の被害を逃れた「たまくす」の木である。(長崎大学附属図書館所蔵)

▶1931年に建てられたイギリス領事館。現在は横浜開港資料館の旧館となっている。手前にある木が、その中庭に生える「たまくす」の木。関東大震災後に、現在の場所に移植された。③

③イギリス領事館

パスパルトゥーが保護を求めに向かおうかと考えたイギリス領事館とフランス領事館はどこにあったのだろうか。現在の横浜開港資料館がある場所は、かつてイギリス領事館があった場所としてよく知られているが、この場所に領事館が移転してきたのは大火後の1869年のこと。大火前までは水神社という小さな神社と、タブノキが生える水神の森があった。このタブノキは、移転してきたイギリス領事館の敷地内で生き続け、今も「たまくす」の呼び名で親しまれている。1863年当時のイギリス領事館は、本町通りを渡った現在の横浜情報文化センター辺り[B]にある。フランス領事館はその隣だった。フランス領事館も大火後には移転しており、1872年には日本人居留地にあるフランス公使館の隣（現在の横浜第二合同庁舎辺り[C]）にあった。

▶ 1864年に撮影された外国人居留地。中央の通りは、メインストリートより一本海岸寄りの道である。右手に見える波止場は、フランス波止場。(横浜開港資料館所蔵)

▼現在の本町通り。写真は、かつての外国人居留地側を臨んだもの。④

▲和洋折衷の外観を持つ外国商館。手前の柵は、フランス波止場の柵である。(横浜開港資料館所蔵)

④外国人居留地

　パスパルトゥーが最初に向かった「ヨーロッパ風の町」が、波止場の東側(地図左手)に設けられていた外国人居留地である。パスパルトゥーの足どりは定かではないが、その後、日本人街に向かっていることを考えると、当時の外国人が「メインストリート(Main Street)」と呼んでいた本町通りを歩いていた可能性がある。外国人の数が増えていた為、外国人居留地の造成は1863年頃にも行われていた。1862年には横浜新田が埋め立てられ、外国人への貸し出しが始まっている。また、1864年から一般使用が開始されたフランス波止場は、まだ建築中であった。

◀一番左手の通りが弁天通りである。その右手2本目の通りが、本町通り。(横浜開港資料館所蔵)

◀現在の弁天通り入り口。かつての賑わっていた商店街の面影は、全くない。⑤

▶アンベールが滞在していたオランダ領事館付近。中央の建物が帝蚕倉庫事務所。現在、同建物は、北仲BRICK(2005〜2006)や北仲スクール(2009〜)といった文化・芸術活動の拠点として利用されている。

⑤弁天通り入り口

　外国人居留地の次にパスパルトゥーが向かった日本人街は、波止場の西側(地図右手)に設けられていた。1863年、1872年を問わず、当時の日本人街においてにぎやかな通りといえば、外国人居留地まで延びる本町通りか、洲干弁天社に続く弁天通りであった。ヴェルヌが参考にしたエメ・アンベールは弁天通りを記述している為、パスパルトゥーが歩いた通りは同通りであったと考えられる。1863年に来日したエメ・アンベールは、その前年に洲干弁天社付近を埋め立て建てられたばかりのオランダ領事館近くの邸宅(現在の帝蚕倉庫事務所辺り[D])に滞在していた。

▶幕末から明治初め頃の写真と思われる。1894年に弁天通り3丁目に建てられた河北時計店の時計塔はまだない。(長崎大学附属図書館所蔵)

◀現在の弁天通り2丁目。明治4年に丁番号が東から西へ付けかえられる前は、現在とは逆の西から東に丁番号が付けられていた。⑥

⑥弁天通り

　パスパルトゥーが訪れた時代から、弁天通りは外国人向けの工芸品などを取り扱う商店が並び、活気に溢れていた。外国人観光客向けのおみやげ商店街の賑わいは、戦前まで続く。しかし、戦後に弁天通りを中心とした地域が接収された為、弁天通りのほとんどの店は商売を続けることが出来なくなってしまう。接収中に遠のいた客足は、その解除後も回復することはなく、かつての商店街の賑わいを馬車道に奪われる。そして弁天通りは、現在見られる寂れたオフィス街へと変わってしまった。上の写真はともに弁天通2丁目（現在の横浜メディアビジネスセンター辺り）から3丁目（県立歴史博物館のある方向）を撮影したもの。

◀景勝地として知られていた弁天社。周りには茶屋などの店が並び、賑わいを見せている。中央右手に太鼓橋、その奥に社殿と砂洲に茂る松林が見える。
（横浜開港資料館所蔵）

▲弁天社の一の鳥居から二の鳥居を撮影したもの。ちなみに前章の図20の弁天（83頁）は、この二の鳥居を過ぎ、太鼓橋越しに三の鳥居を描いたもの。（長崎大学附属図書館所蔵）

◀神奈川県立歴史博物館。⑦

⑦洲干弁天社

　パスパルトゥーが見た海の女神「弁天」を祀る場所が、横浜の鎮守、洲干弁天社（現在の神奈川県立歴史博物館辺り）である。洲干弁天社は、もともと美しい景観でも知られており、開港とともに横浜の名所のひとつとなった。その周囲には、観光客向けの茶屋や料理屋などの店が並んだ。パスパルトゥーが境内まで行ったのかどうかは分からないが、洲干弁天社には、弁天通り側に一の鳥居と二の鳥居、太鼓橋を超えた社殿側に三の鳥居と四の鳥居がある。パスパルトゥーが見たのはこの辺りの景色だろう。洲干弁天社は1868年に「厳島神社」と名称を変え、その翌年、姿見町裏（現在の羽衣町）に移転した。

▶1860年頃の太田町1丁目あたり。奥に見えるのが太田屋新田である。(横浜開港資料館所蔵)

▼かつての太田町1丁目があった辺り。現在はホテルや飲食店が立ち並ぶ。写真は麻生町5丁目辺りから、入舟町へ向かう堤があった方向(住吉町6丁目方向を臨む)を写したもの。⑧

▲神奈川県立歴史博物館入り口付近から、弁天社の森があった方向を臨む。その昔、鎮守の森が広がっていた場所には、マンションやオフィスビルが並び、かつての面影はまるでない。

⑧太田町1丁目

　1863年当時、洲干弁天社付近には、太田屋新田という水田があった。パスパルトゥーが辿り着いた水田とは、ここであると考えられる。太田屋新田の周囲には、堤に沿ってできた太田町があり、茶屋などの店が集まっていた。パスパルトゥーは、恐らくこの土手沿いの町を歩いていったのであろう。太田屋新田は1867年から埋め立てが始まり、1872年にはその姿はなくなっている。また、現在は道路が整備されてしまっている為、吉田橋まで伸びていた逆くの字状の堤の跡は辿ることができない。この堤の場所は、現在の馬車道～六道辻通り～博物館通り間にあたる。

▲左から、吉田橋、関所、入舟町、太田町１丁目。手前に広がるのが太田屋新田である。右手奥には弁天社の森が見える。（横浜開港資料館所蔵）

◀かつての入舟町辺り。写真は、六道の辻通りと常盤町５丁目にある碑を写したもの。この通りが「六道の辻」と呼ばれるのは、太田屋新田造成後、この場所に六つ又に分かれる交差点があった為である。⑨

⑨入舟町

　吉田橋までまっすぐ伸びるこの堤には、1863年当時、入舟町という町ができていた。パスパルトゥーは吉田橋手前に設けられた関所までは行っていない為、この辺りから水田に入っていったと思われる。先に見たとおり、パスパルトゥーは水田において鷺、鶯、鴨、鶴などといった様々な鳥を目撃しているが、エメ・アンベールは水田にこれらの鳥がいたとは直接書いてはいない。だが、洲干弁天社の森や沼地などに鳥がいることや、カモメや雁、鴨などがねぐらに向かって水田の溝の上を飛んでいくことなどを記している為、こうした記述からヴェルヌは、沼地が点在する太田屋新田に鳥たちを集結させたのかもしれない。

▶現在の吉田橋。「かねのはし」として親しまれる鉄橋となったのは、1869年のこと。開港当時は、まだ木造の橋だった。

◀関所があった辺りから、太田屋新田があった場所を臨む。左手に見える通りが、観光客で賑わう馬車道である。⑩

⑩吉田橋

　パスパルトゥーが日本人街へ向かったのは、必要とあれば江戸まで向かうつもりでいたからだ。1863年当時の横浜は、開港後から相次ぐ外国人殺害事件が起こった為に周囲に運河が掘られ、出島化が進められていた。運河には、横浜と周辺地域との出入口としていくつかの橋が架けられていたが、吉田橋以外は歩行者しか通行が許されていなかった。よって、唯一、貨物の運搬が可能だった同橋が、実質的な横浜の出入口となっていた。それぞれの橋のたもとには関所が設けられており、吉田橋にも現在の市営地下鉄ブルーライン関内駅辺りに関所が設けられていた。この関所は1864年、吉田橋を渡った吉田町側に移転し、1871年に撤去された。

資料

「異国見聞『80日間世界一周』〜 1872・グローバリゼーション元年、ヴェルヌの見た横濱」の記録

期間：2008年12月15日（月）〜 12月20日（土）演劇は最終日のみの一回公演
場所：慶應義塾大学日吉キャンパス来往舎イベントテラス、およびシンポジウムスペース
主催：慶應義塾大学教養研究センター日吉行事企画委員会（HAPP）
総責任者：新島進　**副責任者**：桜井飛鳥
共催：おのまさしあたあ、早稲田大学演劇博物館、慶応義塾幼稚舎、日本ジュール・ヴェルヌ研究会

1. パネル展示「新旧対訳で巡る80日間世界一周の旅」

　20枚ほどのパネルを円形に配置し、各パネルの外側に世界地図と『80日間世界一周』の各場面の抜粋を載せ、見学者が周回して閲覧することで世界一周の旅を模すという趣向にした。地図上にはGoogle Earthから転載した写真を貼りつけてグローバル時代の象徴とし、小説の抜粋については各パートともフランス語原文、川島忠之助訳（初訳）、鈴木啓二訳（現代語訳のひとつ）の3ヴァージョンを並べた。

　パネル内側には四幕構成で、ヴェルヌと『80日間世界一周』についての解説をおこない、それが本書のベースとなった。

　さらに、この円形状のパネル群の中央に、慶應幼稚舎の児童に描いてもらった「夢の世界一周」の絵を飾った。

　パネル製作：日本ジュール・ヴェルヌ研究会（本書の執筆者
　　に加え、椎名建仁、中村健太郎、黒内熱、加藤春奈各氏ほか）、
　　慶應幼稚舎の児童のみなさん。

パネル展示

2. 川上音二郎「川上座当狂言　80日間世界一周」錦絵、台本の展示

本書の第1部3章に説明があるとおり、明治期の演劇人、川上音二郎は明治30年（1897年に）に『80日間世界一周』を舞台にあげている。そのときの錦絵（今でいう宣伝ポスター）と台本を、早稲田大学演劇博物館から特別に借り受けて展示した。

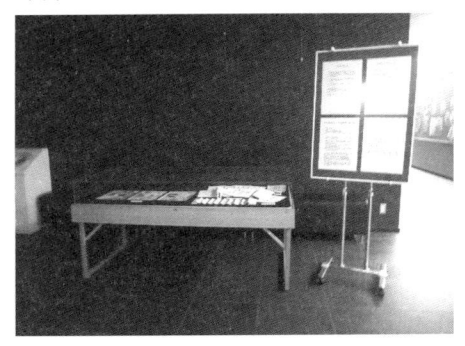

「川上座当狂言　80日間世界一周」錦絵、台本の展示

資料　107

3. 演劇公演　おのまさしあたあ presents 『80日間世界一周』

　2007年、プロの劇団「おのまさしあたあ」によって上演された『80日間世界一周』の再演。この上演は、同作品の小説版にきわめて忠実であり、なおかつ、座長のおの氏によれば「いかに狭い空間で世界一周を見せるか」という演劇的な挑戦のある演出がおこなわれていた。役者もたった六名（!）である。趣向は功を奏し、故意に狭くした劇空間にもかかわらず、観る者は世界各地を実際に訪れているような演劇体験をすることができた。

　当日は会場にあふれんばかりの160名を超す観客が集まり、上演も大ウケ。ギャグやパロディ——慶應ネタも登場——に笑い、日付変更線のアイデアには感嘆の声が漏れ、フィナーレではやんややんやの大喝采がわきおこった。企画終了後のアンケートでも満足度がひじょうに高かった。

おのまさしあたあ：おのまさし（脚本・演出・主演）、おのまり、羽田勝博、山本諭、首藤みこ、羽野大志郎（以上出演）。山本ヒロアキ（音楽）、大河原英二郎（照明）、上理人（映像）、高橋利行（映像）。

『80日間世界一周』
インドの場面

『80日間世界一周』
香港の場面

『80日間世界一周』
日本の場面

『80日間世界一周』
アメリカの場面

文献案内（もっと勉強したい人のために）

ジュール・ヴェルヌの人と作品

『ユリイカ』1977年5月号（「特集・ジュール・ヴェルヌ、空想科学小説の系譜」）。

私市保彦『ネモ船長と青ひげ』晶文社（1978年）。

ミシェル・セール『青春・ジュール・ヴェルヌ論』法政大学出版局（1993年）。

杉本淑彦『文明の帝国——ジュール・ヴェルヌとフランス帝国主義文化』山川出版社（1995年）。

フィリップ・ド・ラ・コタルディエールほか『ジュール・ヴェルヌの世紀』東洋書林（2009年）。

『水声通信』第27号（「特集・ジュール・ヴェルヌ」）（2009年）。

『80日間世界一周』主要邦訳（現在入手できるもの）

江口清、角川文庫（1963年）。

田辺貞之助、創元SF文庫（1976年）。

鈴木啓二、岩波文庫（2001年）。

高野優、光文社古典新訳文庫〔上下〕（2009年）。

『80日間世界一周』主要先行研究

Patrick Avrane, *Un divan pour Phileas Fogg*, Paris, Aubier, 1988.

Christophe Blotti, Le Tour du monde en quatre-vingts jours : *texte littéraire, texte dramatique*, mémoire de maîtrise, Université Paris VIII, 1997.

William Butcher, « Introduction » et « Explanatory notes », Jules Verne, *Around the world in eighty days*, Oxford et New York, Oxford

University Press, « The world's classics », 1995.

石橋正孝「『80日間世界一周』論」『創元推理21』2002年夏号。

石橋正孝「コミュニケーションとしての小説——ジュール・ヴェルヌの連作『驚異の旅』における『80日間世界一周』の位置」『フランス語フランス文学研究』第93号（2008年）。

鹿島茂「信用（ペーパーマネー）の旅としての『80日間世界一周』」『文学は別解で行こう』白水社（2001年）。

私市保彦「『80日間世界一周』の移動装置、あるいははじめに移動ありき」『インターコミュニケーション』（第一号、特集・トランスポーテーション）（ＮＴＴ出版、1992年）。

François Raymond (éd.), *La revue des lettres modernes*, « Jules Verne 1 : le Tour du monde », Paris, Minard, 1976.

Keiji Suzuki, « L'année 1872 et ses trois notions d'illimité », *Littérature*, N° 125 (« L'œuvre illimitée »), mars 2002.

富田仁『ジュール・ヴェルヌと日本』花林書房（1984年）。

Timothy Unwin, *Jules Verne* : Le Tour du monde en quatre-vingts jours, Glasgow, University of Glasgow, 1992.

Jules Verne, *Le Tour du monde en quatre-vingts jours*, édition présentée, établie et annotée par William Butcher, illustrations par de Neuville et L. Benett, Paris, Gallimard, « Folio classique », 2009.

『80日間世界一周』の成立事情およびその戯曲版に関する主要先行研究

Volker Dehs, « La polémique Verne-Cadol », *Bulletin de la société Jules Verne*, N° 120, 1996.

Volker Dehs, « La polémique Verne-Cadol suite (et fin ?) » , *Bulletin de la société Jules Verne*, N° 125, 1998.

Volker Dehs, « Un drame ignoré : l'odyssee du *Tour du monde en quatre-vingts jours* », *Australian journal of French studies*, Vol. 42, N° 3, 2005.

Olivier Dumas, « Origine du *Tour du monde* », *Bulletin de la société Jules*

Verne, N° 157, 2006.
Philippe Scheinhardt, « *Le Tour du monde en quatre-vingts jours* » , Agnès Marcetteau-Paul et Claudine Sainlot (éd.), *Jules Verne écrivain*, Nantes, Bibliothèque municipale de Nantes et Coiffard, 2000.
Philippe Scheinhardt, *Jules Verne : génétique et poïétique (1867-1877)*, Thèse de doctorat, Université Paris III, 2005.

幕末と横浜
エメ・アンベール『アンベール幕末日本図絵』上・下、高橋邦太郎訳（雄松堂書店、1969-70年）。
石黒徹「開港からの港の変遷」『横濱』Vol.25（2009年）。
財団法人横浜開港資料普及協会／横浜開港資料館『たまくす』第3号（1985年）。
宮永孝『海を渡った幕末の曲芸団』中公新書（1999年）。
横浜開港資料館『横浜もののはじめ考　改訂版』（2000年）。
横浜市役所編『横浜市史稿』名著出版（1973年）。

参照サイト
伊達美徳、菅孝能「横浜関内地区　戦後まちづくり史」
http://homepage2.nifty.com/datey/kannai200609.pdf
横浜税関総務部広報広聴室「横浜港の生い立ちと税関」
http://www.customs.go.jp/yokohama/history/oitachi3rd1.pdf
（上記URLは2010年3月現在）

執筆者紹介

新島　進（にいじま　すすむ）【序、第2部1章1節、2章2節】
1969年生まれ。慶應義塾大学准教授。慶應義塾大学文学部仏文科卒。同大学院研究科博士課程（フランス文学）修了。レンヌ第二大学博士課程修了。共著書に巽孝之、荻野アンナ編『人造美女は可能か？』（慶應義塾大学出版会、2006年）。訳書にレーモン・ルーセル『額の星　無数の太陽』（共訳、人文書院、2001年）、フィリップ・ド・ラ・コタルディエールほか『ジュール・ヴェルヌの世紀──科学・冒険・《驚異の旅》』（下記の私市保彦氏、石橋正孝氏との共訳、東洋書林、2009年）など。

私市　保彦（きさいち　やすひこ）【刊行によせて】
1933年生まれ。武蔵大学名誉教授。東京大学仏文科卒。同大学院比較文学科修士課程修了。著書と訳書に『名編集者エッツェルと巨匠たち──フランス文学秘史』（新曜社、2007年）、『幻想物語の文法』（ちくま学芸文庫、1997年）、『ネモ船長と青ひげ』（晶文社、1978年）、オノレ・ド・バルザック『百歳の人──魔術師』（水声社、2007年）、ジュール・ヴェルヌ『海底二万里』（岩波少年文庫、2005年）、ヴィリアム・ベックフォード『ヴァテック』（国書刊行会、1990年）ほか多数。

石橋　正孝（いしばし　まさたか）【第1部1-2章、文献案内】
1974年生まれ。日本学術振興会特別研究員・明治学院大学講師。東京大学教養学科卒。同大学院総合文化研究科博士課程（地域文化研究）満期修了。パリ第八大学博士課程修了。著書に『大西巨人　闘争する秘密』（左右社、2010年）。

藤元　直樹（ふじもと　なおき）【第1部3章】
1965年生まれ。文化資源学会会員。京都府立大学文学部卒。東京大学人文社会系研究科文化資源学研究専攻博士課程満期修了。共著書に『図説児童文学翻訳大事典　第四巻　翻訳児童文学研究』（大空社、2007年）、『図説翻訳文学総合事典　第五巻　日本における翻訳文学』（大空社、2009年）。

島村　山寝（しまむら　さんしん）【第2部1章2-3節】
1968年生まれ。慶應義塾大学文学部仏文科卒。SF評論家。論文に「過剰なる分身」（水声通信、第27号、2009年）。

幕田　けいた（まくた　けいた）【第2部2章1、3-5節】
1966年生まれ。ライター、大衆文化研究家。共著書に『僕たちの好きなかわぐちかいじ』（宝島社、2010年）。

桜井　飛鳥（さくらい　あすか）【第2部3章、カラー図版解説】
1983年生まれ。東海大学文学部ヨーロッパ文明学科卒、同大工学研究科情報理工学専攻修士課程在籍中。

刊行にあたって

　いま、「教養」やリベラル・アーツと呼ばれるものをどのように捉えるべきか、教養教育をいかなる理念のもとでどのような内容と手法をもって行うのがよいのかとの議論が各所で行われています。これは国民全体で考えるべき課題ではありますが、とりわけ教育機関の責任は重大でこの問いに絶えず答えてゆくことが急務となっています。慶應義塾では、義塾における教養教育の休むことのない構築と、その基盤にある「教養」というものについての抜本的検討を研究課題として、2002年7月に「慶應義塾大学教養研究センター」を発足させました。その主たる目的は、多分野・多領域にまたがる内外との交流を軸に、教養と教養教育のあり方に関する研究活動を推進して、未来を切り拓くための知の継承と発展に貢献しようとすることにあります。

　教養教育の目指すところが、単なる細切れの知識で身を鎧うことではないのは明らかです。人類の知的営為の歴史を振り返れば、その目的は、人が他者や世界と向き合ったときに生じる問題の多様な局面を、人類の過去に照らしつつ「今、ここで」という現下の状況のただなかで受け止め、それを複眼的な視野のもとで理解し深く思惟をめぐらせる能力を身につけ、各人各様の方法で自己表現を果たせる知力を養うことにあると考えられます。当センターではこのような認識を最小限の前提として、時代の変化に対応できる教養教育についての総合的かつ抜本的な踏査・研究活動を組織して、その研究成果を広く社会に発信し積極的な提言を行うことを責務として活動しています。

　もとより、教養教育を担う教員は、教育者であると同時に研究者であり、その学術研究の成果が絶えず教育の場にフィードバックされねばならないという意味で、両者は不即不離の関係にあります。今回の「教養研究センター選書」の刊行は、当センター所属の教員・研究者が、最新の研究成果の一端を、いわゆる学術論文とはことなる啓蒙的な切り口をもって、学生諸君をはじめとする読者にいち早く発信し、その新鮮な知の生成に立ち会う機会を提供することで、研究・教育相互の活性化を図ろうとする試みです。これによって、研究者と読者とが、より双方向的な関係を築きあげることが可能になるものと期待しています。なお、〈Mundus Scientiae〉はラテン語で、「知の世界」または「学の世界」の意味で用いました。

　読者諸氏の忌憚のないご批判・ご叱正をお願いする次第です。

慶應義塾大学教養研究センター所長

慶應義塾大学教養研究センター選書

ジュール・ヴェルヌが描いた横浜
　　──「八十日間世界一周」の世界

2010年3月31日　初版第1刷発行

発行・編集─────慶應義塾大学教養研究センター
　　　　　　　　代表者　横山千晶
　　　　　　　　〒223-8521　横浜市港北区日吉4-1-1
　　　　　　　　TEL：045-563-1151
　　　　　　　　Email：lib-arts@adst.keio.ac.jp
　　　　　　　　http://lib-arts.hc.cc.keio.ac.jp/
制作・販売─────慶應義塾大学出版会株式会社
　　　　　　　　〒108-8346　東京都港区三田2-19-30
装丁────────原田潤
印刷・製本─────株式会社 太平印刷社

©2010　Niijima Susumu
Printed in Japan　　ISBN978-4-7664-1737-1

慶應義塾大学教養研究センター選書

1 モノが語る日本の近現代生活
—近現代考古学のすすめ

桜井準也著　文献記録の乏しい地域や記録を残さなかった階層の人々の生活を、発掘資料から復元したり、ライフサイクルの変化を明らかにする近現代考古学の楽しさを伝える、新しい考古学のすすめ。　●700円

2 ことばの生態系
—コミュニケーションは何でできているか

井上逸兵著　「すげー」「マジ」といった若者ことばや語尾上げことば、業界用語、「コンビニ敬語」など、コミュニケーション・ツールとしてのことばの変遷を身近な例にたとえながらわかりやすく解説する。　●700円

3 『ドラキュラ』からブンガク
—血、のみならず、口のすべて

武藤浩史著　『ドラキュラ』の中の謎や矛盾に焦点を当て、大学生や一般読者に物語テキスト読解のコツを伝授。多彩な要素が絡み合うなかを、領域横断的に読解する面白さとスキルを教える。　●700円

4 アンクル・トムとメロドラマ
—19世紀アメリカにおける演劇・人種・社会

常山菜穂子著　19世紀のアメリカで大ヒットを記録した『アンクル・トムの小屋』を例に、演劇と社会の結びつきを明らかにするとともに、その作品の内に意識的／無意識的に織り込まれたアメリカの姿を描く。　●700円

表示価格は刊行時の本体価格(税別)です。

慶應義塾大学教養研究センター選書

5 イェイツ—自己生成する詩人

萩原眞一著　ノーベル文学賞受賞詩人イェイツ。「老境に差しかかって創作意欲が減退するのは、ひとえに性的能力が衰退したからに他ならない」と考えた彼は、アンチエイジング医学の先駆をなす、ある若返り手術を受けた。創造的営為とセクシュアリティの関係に注目しながら、後期イェイツ作品を検証する。　　　　　　　●700円

6 ジュール・ヴェルヌが描いた横浜
—「八十日間世界一周」の世界

新島進編　19世紀の横浜は欧米人にどう映ったか？昨年（2009）、開港150周年を迎えた横浜の開港当時の姿を、ジュール・ヴェルヌの傑作『80日間世界一周』から読み解く。　　　　　　　　　　　●700円

7 メディア・リテラシー入門
—視覚表現のためのレッスン

佐藤元状・坂倉杏介編　ヴィデオ・アート、マンガ、映画などのさまざまなメディアの新しい視点による読み方を紹介し、面白さを体感させるメディア・リテラシー入門。
●700円

表示価格は刊行時の本体価格（税別）です。